浙江少年文学新星丛书·第八辑

海 飞 主编

一路行走一路歌

一 然 著

浙江工商大学出版社
ZHEJIANG GONGSHANG UNIVERSITY PRESS
·杭州·

图书在版编目(CIP)数据

一路行走一路歌 / 一然著. —杭州:浙江工商大学出版社,2022.1

(浙江少年文学新星丛书 / 海飞主编. 第八辑)

ISBN 978-7-5178-4799-1

Ⅰ. ①一… Ⅱ. ①一… Ⅲ. ①作文—中学—选集 Ⅳ. ①H194.5

中国版本图书馆 CIP 数据核字(2022)第003163号

一路行走一路歌
YILU XINGZOU YILU GE

一然 著

责任编辑	沈明珠
责任校对	张春琴
封面设计	浙信文化
责任印制	包建辉
出版发行	浙江工商大学出版社
	(杭州市教工路198号 邮政编码310012)
	(E-mail:zjgsupress@163.com)
	(网址:http://www.zjgsupress.com)
	电话:0571-88904980,88831806(传真)
排　　版	杭州朝曦图文设计有限公司
印　　刷	杭州高腾印务有限公司
开　　本	880mm×1230mm　1/32
印　　张	69
字　　数	1056千
版 印 次	2022年1月第1版　2022年1月第1次印刷
书　　号	ISBN 978-7-5178-4799-1
定　　价	448.80元(全九册)

个人简介

一然，2004 年 5 月出生于浙江绍兴。初中毕业于杭州英特外国语学校，现就读于温哥华 Semiamhoo Secondary School 十二年级。酷爱文学，自小便跟随母亲学习国学与写作，至今已十余年。兴趣爱好广泛，擅长古筝、羽毛球。性格乐观外向，对生活充满热情与希望。最大的愿望便是与挚友亲人一起游历天下，享受旅行途中的美好与感动。虽说世界庞大，却仍想在这纷扰喧嚣的人群中留下些许痕迹；即使文字拙嫩，也依旧想用真性情，执笔墨书写真我。

一

然

2020年末，在温哥华和住家爸妈圣诞聚餐

在家与狗狗啦啦合影

2021年春天，在家门口与樱花合照

初二在家里书房学习

初三结束,在Port Moody Secondary school
校门口拍照留念

初三主持温哥华阳光教育集团的中秋晚会

初三暑假下场打高尔夫

高二因疫情回国，在母亲节拍照留念

初一杭州英特外国语学校入学第一天

初一时拍艺术照参加学生会竞选

高一暑假练习高尔夫

高一拍摄的大头照

高一前去海岛旅行

庆祝16岁生日

在UBC大学，与哥哥合影

总　序
见字如你

斯巴福德在《小书痴》中写道，"有时候，一本书进入我们恰好准备好的心灵，就像一颗籽晶落入过饱和溶液中，忽然间，我们就变了。"而现在，在我们眼前展现的，是一群优秀的少年写作者的作品，稚嫩中有才华，笨拙中见灵性。

一本书，一本由孩子自己创作的书，给予我们更多的思考。文学创作本身具备的魅力正悄悄随着童年、少年、青年的自然生长期而萌芽、生长、繁衍。这种全新的生活体验，正与他们文字成长的速度同步记录和保存。我们感动于他们钟爱文学的热情，体察出他们因大量阅读文学作品而心灵丰盈、下笔生风，而由写作生发出的那种源自内心和诉诸稚嫩笔端的气息，更让我们为之动容和珍惜。真的，没有一个孩子的生活是一样的，哪怕写同一篇文章，也会有不一样的内容。《发现·世界》的作者周昊梵，在记录旅游时的见闻、和父母的亲子互动、校园难忘的经历以及对文学的思考中，就描绘了一个个美好而珍贵的周式童年缩影。但热爱文学，喜欢写作的孩子有一样是相同的，心怀美好，传递美好，想象美好，创造美好，生活和世界，均在此列。所以当一名中学生独自去到异国他乡，文学创作依然是她同行的挚友，徜徉于东西方文化碰撞下的生活环境，写下了记录留学生活的《一路行走一路歌》。"虽说世界庞大，却仍想在这纷扰喧嚣的人群中留下些许痕迹；即使文字稚嫩，也依旧想用真性情，执笔墨书写真我。"这是一直没有停下书写文字步伐的一然，作品第二次入选"浙江少年文学新星丛书"后，对文学最倾心的表白。

入选《浙江少年文学新星丛书·第八辑》的共15部作品，从内容来看，有纪实小说、国外留学生活记、个人生活旅行记、研学手记、语文单元习作的升级作品、小故事等。这些融合生活和学习故事的习作集，以校园故事、身边的人和事、父辈的追求、中国梦四大主题为主的年代感极强的作品、初具雏形的小说，让你看到一个同样的世界里不一样的心灵感悟。用文字记录生活，并没有写成流水账；想象性作品在现实基础上的对于这个世界的感知与想象既大胆又具有创新性；记录童年生活里的点点滴滴，有情怀有故事有功底，叙述平淡里有曲折，引用典故而能深发意味；习作有向作品的美好过渡和提升，有模仿痕迹但也有不同的见解。文章亦庄亦谐,亦古亦白,语言精雕细琢也有童真童趣;抒情大胆而细腻,感情恰到好处,收放自如,转折与衔接处也有刻意与盈润的笔触。比如同样是因为文学征文比赛而钟情写作的南皓仁、吕可欣,作品有各自不同的特色:南皓仁的作品《不规则图形》包含了多种文体,题材丰富多彩、文字成熟老练、想象力丰富;吕可欣在写作《春曦》时是用她的童眼去观察这个世界,用童心去感受身边的人和事,用童言来抒写她的感受。这里面有童真,童趣,有温暖人心的文字,更有来自灵魂的拷问。他们介入世界与生活的脚步有点快,又看得出有认真充足的准备,字如其人,是真的。少年的你,多少年后,你自己来读一读,还是全新的一个自我。真好!

我常常在想,到底是怎样的初衷,能让十几岁的少年,安静地将成长的行程一字不差地记录和感喟。他们所写的生活,有春夏秋冬里细心观察的所感所悟,有现代时尚生活的体验,有在长辈回忆的生活里的感叹和想象中天马行空的生活,最神奇的是,一个小物件都能写出各种不同的故事。少年行的《童真年代》一帧帧都是孩子们纯洁的童真年代的真实写照,是一曲曲质朴无华的童年之歌。桐月六小童的《彩色的天穹》里有孩子们处在乡村与城市之间的最真实的心灵写照与思考。《时光里》"镌刻"着时光少年的烂漫友谊和温馨童年的美好印记。《行走的哲思》里湖畔四少为我们分享了研学中的所见所闻、所言所行、所思所想，既有深入的对历史的剖析，又有对自然的观察与探索，文笔恣意洒然，未来可期。两三点雨山前用文字记录了她们生命中最初的美好，也记录了她们生命中最初的思考。短短的篇幅，回味绵长，或许真的能品出《时光的味道》。读《素心之履》你能欣赏到江南水墨长卷般的书生意气，乌镇、南浔、西塘……搂着这样的小镇，感受日日夜夜的人文沉淀的浑厚，那不是一场旧梦，是俗世烟火气息下一个个真实的自我。七八个星天外，以文字采撷遥不可及的历史，呈现的却是眼前的幸福与美好。

　　写作有起点，有创作方向，有个人的审美追求和价值观。当你的创作代表了人类社会大众的普遍方向，当你虚构的世界引起了人们的关注，当你描述的真实在隐喻和暗藏中悄悄生长，当你的文字，代表了一种生命物质……你会发现，很多事物都不一样了。生在杭州，长于钱塘的梁熙得，以一部《鼹鼠先生的春日列车》，将脑海里的奇思妙想，让人眼前一亮的妙笔生花全部装载。"以梦为马，路在前方。以写为乐，自由畅想。海豹，它有一片海洋。"这是多么自信的童年宣言！诸葛子誉的纪实型小说《稚拙的日子》用真实的笔触，写下了生活的经历和对生活的简单观感,勾画了一个稚拙有趣的童年。徐诗琪在《冒傻气的小红鼠》中更是塑造出了一个个性强,爱出风头,同时也富有正义感和责任感的孩子形象。樊雨桐写的城市女孩则个性独特,惹出一些啼笑皆非的事情,由此有了一段不一样的童年,细细感受《不一样的童年》,你也许会找到你童年里的不同和相似。小作者们在创作道路上的探索和追求,着实引人感动。

宙斯为了在广阔的宇宙中创造人类,与普罗米修斯进行了艰难的旅程。他们寻找黏土的途径到现在还是众说纷纭:有人说,他们是从色雷斯草原一路东行到小亚细亚,最后在位于底格里斯河与幼发拉底河之间的丰饶之地找到黏土;也有人振振有词,表示他们是南渡尼罗河,穿越赤道,最终在东非得偿所愿。不管经过怎样的跋涉和攀登,最后宙斯决定让雅典娜轻吹一口气,赐予这些成型的泥人生命。在时代的洪流里,我们坚持做这套丛书八年,其间的过程百转千回,在网络科技发达的今天,希望我们的坚持加上你们赋予这项事业的灵气给予我们追寻文学持久生命力的源泉。

有的作家,他写的作品就如一辈子精心于一类特殊工艺的手艺人一样,作品中有一种固定的地理,一种永远不变的时段,一直让人感觉是在童年时期。而青少年儿童自己创作的作品,并没有定型,但你也能看到很多类型、方向、文本的雏形,他们在模仿、在创造,也在改变,更在颠覆。不难发现,在阅读,无论电子书还是纸质书阅读,越来越快地改变人们的同时,读同龄人的书,由自己写出一本书已然成为一种趋势,曾经的少年不再是那一群只知道玩滑板、打篮球的小孩,也不再是抱着芭比、沉浸于cosplay、穿着洛丽塔的少女,他们正在以成年人的视角和语感诉说和表达对这个世界的看法和诉求。就像赵蕴桦在《灼灼其华》中所说:"我的作家梦,是从阅读开始的,阅读更广泛,更深入,写作热情就持续高涨。我期盼每个周末和暑假的来临,那样我可以走更远的路,赏更美的风景,考察更深厚的人文底蕴。我的作品是我小学毕业的纪念,未来,我期待着成为真正的作家!"如果你想了解少年们在想什么,最好的办法也许就是看看他们写下了怎样的世界,和对世界万物的看法。那些无法言说的都借助文字来喷薄,借由这个口子,架构了我们与他们之间的桥梁,希望,真诚的心灵交流与沟通,从此变得容易。

世界本来就很美,我们想方设法带给这些御风的少年一个美好的世界,而在他们眼中,美好的世界可以由自己界定,由写作与这个世界建立最好的联系,由此在成长的道路上哺育出更美丽的生命之花,何其有幸!见字如你!

向所有看到这些文字的大人和孩子,致敬你们曾经以文字和写作创造的美好快乐的童年及世界!

海飞

2021 年 12 月

目　录

感悟遐思

留学点滴

边走边写

感悟遐思

教育的力量

记住该记住的，忘记该忘记的。改变能改变的，接受不能改变的。

Remember what should be remembered, and forget what should be forgotten. Alter what is changeable, and accept what is mutable.

——杰罗姆·大卫·塞林格《麦田里的守望者》

我一直认为，一个好的老师对于学生是有极大的积极影响力的。

以我自身经历为例。我的写作启蒙老师就是我的母亲，年幼时便跟着她上课。在很小的时候我是排斥写作的，写作多累啊，不但费脑子，不停地写，手起茧，还容易得肩周炎。但在母亲的影响和熏陶下，打小在她的国学与写作的课堂里混，不知不觉就掉进了她精心设置的"陷阱"里，渐渐地竟然在欢声笑语的课堂里爱上了写作，而且无可救药。

青春期的时候，我觉得自己宣泄得不够彻底，没能很好地展示我"叛逆的才华",那也是因为母亲。她仿佛能看到我的心底,总是能看穿我稚嫩的伪装,总是能包容我桀骜的抗争。她总是能化激烈的对抗于无形,最激愤的情绪在她面前也会被消融。有时候,我愤慨地诉说,悲愤地抗议,她也只是微笑着回头看看我,语气柔和,轻描淡写地回复三言两语。我打出去的拳,便若打在了棉花上,她用绝世武功"化骨绵掌",轻轻松松化解了我的满腔怨怼。我不得不遗憾地承认,有时候,吵架也是需要势均力敌啊。

然后,我提前去了国外读书,再也没有机会和母亲吵架。

原本,刚出国读书的我,对国外的学习还是有些忐忑和不自信的,对国外的老师也有过各式各样的臆想。

与国内不同,我们一学期只有四门课,每节课大约75分钟,所以我们每天接触的只有4个老师。我上的课程是体育、EAL、政治和商业,每门课程的老师都十分特别,有的幽默,有的严肃,还有的是令人钦佩的全能老师。

体育课是加拿大九年级的主课,重视程度空前。我的体育课老师叫Mr.Marrello,除了体育老师这一个身份,他还是个社会老师,常常能看见他抱着一叠资料穿梭在教学楼里。

我们的体育课流程一般是这样的:先是热身运动,包括仰卧起坐、俯卧撑、深蹲等核心力量的练习和踢腿等拉伸的动作，接着是每天不同形式的慢跑。做完热身运动，我们就会开始我们的主题运动项目环节，每两周换一个场地，而运动的类型取决于场地的类型。除了每天常规的体育课，周三我们又称之为"fitness Wednesday"，也就是外出跑步的日子。不用我赘述，大家一定想象得到这样的体育课运动量有多么的大。

而作为一个国际生，刚来加拿大，还没从国内那40分钟的温柔体育课里完全脱离出来，要每天上一个多小时的体育课，适应高强度的运动，着实是件吃不消的事情。了解到这个情况后，Mr.Marrello细心地为我们讲解运动规则，不厌其烦地示范动作，还会在课下主动问我们课程的难易程度，并且在下一节课里做适当的调整。

有一件事让我印象深刻。有一次外出跑步，因为我们学校在山上，下山有几个很险峻的小山坡，我不小心在井盖上崴了一下脚，瞬间一道刺骨的疼痛钻上心头，我下意识地按住脚踝，蹲下身去。因为我比较滞后，身边都没有同学，我正寻思着该怎么办的时候，身后传来了稳健的脚步声。我回头，看见Mr.Marrello从距我几米外的地方跑了过来。我支起了身子，他站在我旁边，关切地问道：

"Are you alright?"（你还好吗？）

"It's OK, I just twisted my foot."（我没事，只是

崴了一下脚。)我赶忙答道。

他便拍拍我的肩膀，轻松地跟我说："It's half way point, you can just walk straight down to the crossroad. There will be another teacher drive you back school."（你也跑了快半程了，你直接走到下一个路口等车，等会儿会有另外一个老师接你回学校的。）

我迟疑了一下，看着老师坚定的神色，便答应了下来。

坐着老师的车子回学校，略微有点羞涩，老师很好地照顾到了我的情绪，不时从后视镜里看看我，给我鼓励的微笑，和我聊聊天，很快化解了我的不自然。虽然脚踝处还是疼痛难忍，但是回想起 Mr.Marrello 关心的言语和神色，心中不禁涌起了几分温暖。

我的第二节课是 EAL 英语课，教我们的老师是一个当地出生的华裔，但是并不会讲中文。EAL 的课堂气氛很欢快愉悦，但是课堂上的"干货"似乎不怎么多，上课速度较慢，75 分钟的课程浓缩一下的话，我很有自信国内的老师 30 分钟就可以讲完。所以我很想给校方一个建议，可以将上课的效率提高一些，这样同学们英语水平的进步也会更快。也正是因为如此，我觉得英语能力有待课后提升，尤其是英语写作，所以我在图书馆找到了一个老师，每周六跟着他上课，觉得自己受益匪浅。

不过，我觉得EAL上课的精华在于各国的同学会分享自己国家的文化。我们曾经在上课的时候聊到各国饮食方面的问题，聊到辛辣的四川菜，干到难以吞咽的馕，还有日本精致的和风点心。我们还聊到过关于"刻板印象"的话题，像是"Crazy Rich Asians"，以及"擅长搞恐怖袭击的中东人"，还有"可爱的韩国日本小女生"。大家在不知不觉中都发现，大家对于这些"刻板印象"，都有着想要打破的冲动。一个日本女生说，想要打破这些"刻板印象"，最好的办法不是喊口号而是做出实际的行动，证明自己才是摆脱舆论定势最好的办法。

但是作为一名国际学生，英语的学习是很重要的，所以即使课程比较简单，还是要好好听课，不然高分也是很难拿到的。因为我们每天上课老师都会做记录，又因为是小班教学，大到没交作业，小到看了几次手机，老师其实都一清二楚。等到最后考评的时候，老师对你的印象分在很大的程度上决定了你的最终等级。所以在这里的每一节课都像是高考一样，最终成绩取决于每一天的表现，而不是某一场考试很偶然性地来决定你的命运。

第三个老师的身份比较特殊，她是个从小移民英国的印度籍老师，是个单亲妈妈，从小与家人分离，有一个儿子，她的儿子精通多国语言，包括中文，所以她对中国也很有好感。因为是政治课，而且课堂上有中东国家的学生，免不了会聊到战争的话题，听着老师为我们讲述她小时候的故事，虽然没有亲身经历过战争，但我正切地感受着和家人分离的痛苦，一个人背井离乡打拼，真的很不容易，何况她还一个人养育了如此优秀的孩子，令人肃然起敬，所以上课的时候我也会对她表示出更大的尊重。

聊到一些诸如政治等敏感话题的时候，她也会跟同学们提前说，这样有些同学感觉不舒服的话可以先离开教室。她还会经常跟我们分享现在国际上的新闻，教给我们很多政治方面的时事新闻。更重要的是，她教我们一个理念，那便是作为一个学生要有明晰的判断力和分辨力，不能人云亦云，哪怕是新闻，也要多看几个国家的版本才能知道真相。

很欣赏这样的老师，身处逆境却永远微笑，沉静地面对磨难，一路前行不停歇。她把学生当作自己的朋友，坦荡自然地把自己的生活甚至波折分享给我们，我时常含着泪听她叙说，也从她身上汲取到了成长的力量。

对我来讲最难的是第四节商业课，因为有很多当地的广告例子以及老师展示给我们的视频，我会看不懂。我把这个情况反馈给了老师 Mr.Valente，他耐心听完了我"蹩脚"的英文表述之后，说了一段让我极为感激的话，他说：

"作为一个国际生，一个人从国内出来学习自然是很辛苦的。语言关的确是一道很难迈过去的关卡，要用坚持不懈的努力和时间来过渡和提升。上课时遇到听不懂的可以问身边的同学或者下课来问我，但是千万不要以语言关为借口逃避课程内容，这样你不会进步反而会退步。"

我采纳了他的意见，上课的时候选择坐在一个从小在加国长大的华裔女生旁边，听不懂的时候，我会记下来，然后谦虚地向女孩请教。她也会特别详细地回答我，我俩也因此成了很好的朋友。平时，比较难的问题，我也会主动询问 Mr.Valente，他总是很耐心地倾听，很仔细地解答，给了我学习的信心。

我相信，只要我用心，只要我咬牙坚持下去，总有一天，我能像 Mr.Valente 说的那样，能零障碍听课、顺畅交流的。我也会继续听从老师的建议，尽快地融入当地的课堂，多了解当地的文化风俗，提升自己的英文水平。

从小到大，那么多老师给我的学习甚至生活都带来了极大的帮助，幼儿园有爱心又美丽的李老师，小学果断干练的蒋老师和讲原则守信用的叶老师，英特温柔能理解人的倪老师和严谨逻辑感强的金老师……他们鼓励我要力争上游，同时他们也教会了我友谊永远比成绩重要；他们启发我要具有创造力，同时也教会了我要时时严谨；他们教导我要有自己独立的思想,同时也教会了我要善于虚心听取他人的意见;他们教会了我世界上有美好的诗和远方,同时也教会了我要踏踏实实,走好当下的每一步。

教育的力量,超乎我们的想象。

塞林格的《麦田里的守望者》的结尾,写得意味深长,我觉得可以作为教育力量的最好诠释:

"我将来要当一名麦田里的守望者。有那么一群孩子在一大块麦田里玩。几千几万的小孩子,附近没有一个大人,我是说——除了我。我呢。就在那混账的悬崖边。我的职务就是在那守望。要是有哪个孩子往悬崖边来,我就把他捉住——我是说孩子们都是在狂奔,也不知道自己是在往哪儿跑。我得从什么地方出来,把他们捉住。我整天就干这样的事,我只想做个麦田里的守望者。"

奇迹,一定会发生在微笑的守望之后。

孤独而行

　　"梦,是把热血和汗与泪熬成汤,浇灌在干涸的贫瘠的现实上。"

——题记

　　阳光拨开雾霭,照射在逐渐变红的枫叶上,从狭窄的缝隙中蜿蜒出一条属于自己的风景。渐渐降低的气温,愈来愈美丽的风景,比往年的阳光更灿烂的温哥华的一切都在悄悄诉说,秋天来了。而我在这个陌生的城市,也已经待了一月有余。

　　有人说孤独的最高境界是一个人去超市、一个人吃火锅、一个人逛街。然而独在异乡的我,自以为这些都不是事儿。对于留学生来说,本应该在这个年纪三三两两结伴而行,却无奈只能一个人拼搏,心境确实有些寂寥。有个比我大一岁的学姐对我说了这么一句话,她说:"我特别想找个好闺密,只是想找个人陪陪我,陪我走过这一段孤单的日子。"

　　可谁曾想过,成长的路上注定孤独。

我不是一个特别怀旧的人，却在最近过于频繁地回忆从前。

初中在杭州英特外国语学校的时候，我认为的孤独可能就是一个人去食堂吃饭，或者一个人回寝室洗澡。因为在那段日子，每周我都可以回家见到自己的家人，感冒了也会有特别好的朋友陪我去医务室，身边围绕着的都是温暖的小事。但直到出国，与家乡隔着整整一个太平洋的距离，这个时候我才知道什么才是真正的孤独。过去，我习惯了和一大帮同学一起，谈理想、谈人生、谈未来。可现如今，他们不在了，我的身边只有自己的影子；过去，我习惯了各种学习奔波，充实得分身乏术，广泛的兴趣爱好帮我抵抗了生活的迷茫；过去，每个周末回家，都有一盏温暖的灯等着我，阿姨做了一桌我爱吃的菜，母亲陪我看电影、读书和谈心……而现在，我得吃不喜欢的饭菜，上不熟悉的课，满目各色人等，一个人和自己聊天睡觉……夜深人静时，多么希望能有个人与自己聊一聊，陌生人也好，熟悉的人也好，只要能帮助我分担那么一点点的失落沮丧都好。

每每此刻，我便会静下心来，放下笔，抬眼望望窗口路对面那盏高高的路灯，黄晕的灯光在夜空中倾洒下来，这一方黑暗似乎也被蒸融了，透过空气，似乎温暖了我，像极了故乡卧室门口的那盏路灯。比房子还要高的合抱大树，拼尽全力地汲取阳光和养分,枝繁叶茂,生机蓬勃,连叶片都想钻进窗里来。眼前的这一切,都给了我极大的勇气。

打开窗,缓缓地吸入一口气,思绪仿佛清明起来——与躲在父母老师朋友温暖的羽翼下,靠着温室里的阳光病态地生长相比,我内心似乎更愿意努力跟上这个世界匆匆的脚步,和弄潮儿并肩无悔地往前走。即使我只是芸芸留学生中孤独的一员,即使要挨过无数个四下无人的夜晚和清晨,即使要面对许多无人能解的成长的困惑……

我意识到,孤独并不可怕,人的一生中或多或少会有那些孤独的时刻。很多时候我们分不清楚寂寞和孤独,寂寞会使一个人的灵魂堕落,但孤独会使一个人的灵魂升华。从这个意义上说,孤独不可怕,害怕和抗拒孤独才是问题所在。直面孤独,有时会让你自身变得更加优秀,因为孤独的过程,正是寻找最好的自己的过程。

这段时间里,除了面对孤独,我也在尽全力尝试着克服孤独。

在学习方面,因为是九年级,所以大部分课程都是和其他的国际生一起上的,除了商业课。商业课班级里大部分都是当地或者华裔,很大一部分都是IB班的学生。IB的全称是International Baccalaureate,翻译过来就是国际文凭大学预科课程,简单来讲,就是如果通过了IB考试并成功获取其文凭,就可以很快地适应大学生活并且可以提前修大学的学分，大学期间我就有时间选修第二专业。上课会大量地引用当地的广告以及一些例子，而这个时候当大家都在欢声笑语的时候，我正在尽全力地理解老师描述的含义。身边的同学笑得前仰后合，而我正费尽心思地使用有道词典查询单词的意思。这是我第一次强烈地体会到学习中的孤独，周围基本是来自全球的不同肤色的学生，他们脸上是上扬的嘴角和会心的微笑，而我紧缩的眉头却久久不能展开。只好努力地竖起耳朵听，只好虚心地向同桌请教，只好硬着头皮询问老师，幸亏他们都是那么的谦逊和平和，给了我重新学习的信心。

克服孤独的另一个好的办法，就是努力找点事情做。多参加课外活动，中秋节、感恩节、圣诞节一个都不要落下。唱歌、跳舞、古筝、书法，最近我在找做义工的机会，找到一个自己喜爱的事，坚持做下去，当你的时间被塞得满满当当了，你也就不会孤独了。对于我来说，打发时间最好的办法，就是看书和写东西。看书是汲取，写文章是输出，不管是哪一种，对我来讲都是抒发情绪的重要方式。

沟通，同样也是应对孤独的一剂良药。和家人打电话，和好朋友交流，等等，都可以很好地疗愈孤独造成的内伤。幸亏网络发达，我每天会跟母亲视频一次，注视着她的脸庞，我会把当天发生的开心的事、不快的事，遇到的困惑、学习上的障碍，未来的计划，点点滴滴，细细碎碎，竹筒倒豆子似的一股脑儿都向她倾诉,她总是能极为敏锐地捕捉到我内心情绪的变化,非常直接地给我意见和建议,还会对我的学习生活提出一些规划,这让我坦荡轻松不少,也会让我在一再聚拢的迷雾中,看清前路,也适时反思自己,及时从岔路口返回,继续按照计划和目标前行。

什么是孤独?蒋勋在《孤独六讲》一书中提到"寂寞会发慌,孤独则是饱满的"。而对于我来说,孤独是重新建立起一个自我王国的过程,而在这个过程中,我们必须独自一人走完由种种波折甚至悲痛堆砌起来的必经之路。荒草丛生,荆棘纵横,却仍不能让我们放弃;跨越磨难,得到磨砺,心灵变得逐渐强大;正如母亲说的:"读万卷书,行万里路,有一天你见人遇事直接就看得很澄澈,在有限的生命里,少一些不必要的弯弯绕绕,这样的孤独也是值得去经历的。"也许,这才是人生必经孤独的真谛。

曾经,甚至是现在,我都很依赖一些人,分担痛苦的朋友,保护我们的长辈,甚至是我们"不怎么喜欢得起来"的老师。他们把我曾经的徒有其表的生活撑出了一个丰满的模样,让我不会独自一人承受风雨。但这只是金玉其外败絮其中的假象罢了,这样的假象虽然甜蜜美满,但会让我们忘记自己的初衷和追求,失去了观察自己、解读自己、丰盈自己的机会。人这一生,不可能有什么人会从头陪我

们到最后，当亲人挚友在宴席结束之后纷纷散场，我们终究会学会自己照顾自己，还要学会照顾我爱的人。

走过无人的街道，穿过熙熙攘攘的闹市，站在风霜侵袭的山之巅，看千帆过尽依然无比热爱这个世界，经受波折仍然有直面困难和砥砺前行的勇气，这才是经历孤独最可贵的财富。

每一个沉稳的成功之人背后，肯定都有着数不清的心酸孤独的故事，但只有当你熬过那些日子了，你才会发现，这些日子里的你一点都不孤独，一直有一个人在你身边静静地陪伴着你，那个人就是越来越好的你自己。

最后，有一段话，与大家共勉：

"每个强大的人注定是要经历一些不为人知的事，才会更加珍惜现在所拥有的一切。要想成长，就必须逼自己学会自我思考和自我对话，这样才能感受到孤独给你带来的力量。"

秋之遐思

对于张爱玲来说,秋天是一个披着鲜艳袈裟的老僧,在淅淅沥沥的秋雨中接受洗礼;对于林语堂来说,秋代表成熟,暄气初消,月正圆,蟹正肥,桂花也皎洁;对于莫言来说,秋季的欢快中蕴含着几丝悲凉,身不由己又无法抽离;对于太宰治来说,秋天是狡猾的恶魔,它偷偷地藏在夏天的背后,悄悄降临……

秋,对于古往今来的文人来讲,都是一个特别的存在。它不具备夏天的热情与奔放,却同样也不及冬季那般冷清与悲凉。"自古逢秋悲寂寥,我言秋日胜春朝",这样一个缓慢的季节,却在文人的笔下绽放出了最美好的意象。

温哥华的秋天来得格外迅速,似是学期刚开始,温度就从原来的二十多摄氏度骤降至十摄氏度。作为一个怕冷的南方人,我自然是早早备好了秋装,抵御冷空气的来袭。在温度骤降的同时,身边的景色也发生了巨大的令人欣喜的变化。

透过房间的百叶窗往外望,树叶的颜色先是从墨绿慢慢变成了带有几丝苍白的青绿色,再如同褪色一般变成了金灿灿的鲜黄色,大片大片苍翠的行道树几夜之间成了金黄的城墙。偶尔,会有落日的晚霞照射在树叶之上,折射出魔幻般的光芒,常让人产生恍若隔世之感。

凉爽的秋季傍晚,就该去美丽的鸭子湖边逛逛。就如同书中常常写到的那些"喜出望外"的傍晚一样,天边泛着几丝青白色,像是小说男主角泛着浅青色的指尖。往上望去,是通红通红的血橙色,不是稳重的暗红色,而是敦厚却依然保持着纯真的鲜橙色,其间夹杂着几丝浅粉色,像是天上仙女们遗落在那儿的丝带,细长且柔软。

我踏着日落行走在黄昏的街道上,又想起年幼时,坐在台阶上等待太阳西沉,看着隔壁家的小孩子们跳着皮筋,口中含糊不清地唱着歌谣。外婆从窗口探出身来唤我上楼吃饭:"啦囡,开饭喽!"我也应声:"好的,外婆,我来了!"外婆的厨艺天下无双,一桌子丰盛的菜肴。饭后,外公精心挑选的卡通片也会如约而至,学医的他伴我坐在沙发上,还会轻轻地帮我按摩手指和手臂。那时的我觉得,秋天的时光是很慢却是很丰厚的赠予,而未来则依然在遥远的世界另一端。

不知为何,出了国之后反而能更亲切地感受到祖国和自己之间紧密的联系。正好又是七十周年国庆,温哥华市中心的广场上摆了巨大的庆祝舞台,华人热烈庆祝中华人民共和国成立七十周年，欢腾的场面深深感染了我。回到家后迫不及待地打开YouTube观看七十周年庆典。看到一排排一列列整整齐齐的中国士兵呼出豪迈的口号，我感动又自豪，眼睛不禁一酸，险些落下泪来。

小时候，学校里每到国庆都要布置写爱国的作文，我每次都是一脸丧气，认为这些都仅仅是假大空的客套话罢了。所以，总是将这项作业留到最后才动笔。但当我真正离开了中华的土地，来到温哥华学习之后，我才意识到，一个中国人与国家之间的纽带是多么有存在感，以至于让所有海外的侨胞、海外学子在国庆的时候，可以不管时差，抛开其他任何事，掐着点按时观看国庆庆典，可以在连麦的时候让一大群原以为不知人间疾苦的十几岁的青少年真情落泪。

而往往在这种时候，思乡之情也会格外强烈。

目送秋叶翩翩凋零的那一刻，我突然忆起了小时候母亲让我读史铁生《秋天的怀念》的情景，读之前母亲先给我讲史铁生的故事，她的脸上带着淡淡的忧伤，讲到后来她的眼眶里噙满了泪水，肃穆的氛围使我牢牢地记住了史铁生，读完《秋天的怀念》，幼小的心灵里竟然也衍生出了一丝丝的伤感。我们坐在秋天阳台上的一把长椅上，三面花圃里，外公种满了各色菜蔬，还有那一大丛铁线莲，枝枝叶叶纠缠在一起，铺天盖地，绚丽无边。转头看静坐在我身旁读书的母亲，余晖照射在她的脸上，淡淡的黄晕笼罩着她，一种让人安心的恬淡，我突然一阵感动，慢慢向母亲依偎过去。楼下，外婆炖了一个下午的红烧猪蹄的香味已经飘了上来。

年幼时，最爱的便是秋季。每每到了周末，外公便会骑着自行车，我坐在后座，他带我去府山公园越王台赏菊花。穿过喧闹的街市，再走过一条狭长却不失烟火气息的小巷，小巷的尽头便是巍然屹立的古城墙。郁郁的参天大树，高大的牌坊，恢宏的红色拱门，城门底下是鲜艳绽放的各色菊花。进入城门，正对着的便是通向顶端的几十级台阶，台阶的两旁也是一簇簇的菊花，各色菊花，各种造型，千姿百态，千娇百媚。时间久远，现在回想起来，模糊的记忆中更是数不清的浪漫，仿佛是积攒了许久的情愫在一瞬间喷发，无法遏制。

站在城楼之上，往下俯瞰，卖菜的农人们小心翼翼地摆好面前的菜蔬，骑着自行车的行人一只脚点着地，一边询问着菜价。来来往往的人们身着暖色的秋装，偶尔有几片金黄的梧桐叶掉到他们的肩头。柠檬馆的窗户被打开了，探出来一个少女明媚的脸。那样的秋日，若是手上能捧一杯热气腾腾的奶茶，在糖炒栗子的香气中度过，便是极美好的享受了。

果然是人间烟火气，最抚凡人心。

秋天的美景，也不禁让我联想到英特和英特的同学们。秋天还没到，学校里的银杏便开始由绿色变成了金黄。我们会三三两两地聚集在操场上，一圈又一圈地散步。一边散步一边讨论着运动会上那个破了学校纪录的高年级男生，也会聊到班级中或大或小的八卦，甚至会商量着夜宵吃什么。那时的我们，是逆着时光行走的，我们丝毫不惧怕未来，也不纠结于时间的流逝，我们所考虑的，是那些在我们单调的学习生活中给我们带来乐趣的小小分子。我们擅自将这些分子放大，再放大，便丰富了我们日复一日的校园生活。

那时候的快乐，多么简单啊。无非是一张满分的数学试卷，无非是运动会上的一块金牌，无非是学校食堂内新出的麻辣烫。青春，就是马不停蹄地遇见、分别，再遇见、再分别。

我们要做的，就是把握住每一个相遇的美好瞬间。

比如此刻，秋日里一个平淡无奇的午后，随着一片落叶翩翩而下，我的内心却充盈着那么多美好和感动，并且，都想写下来，与每一个人分享。

再出发

"无论现在多么的不开心,你要相信,明天会比今天更好。"

——《解忧杂货店》

转眼间,2018年过去了,2019年在大家还没反应过来的时候,悄无声息地来到了我们身旁,蛰伏着,等待着,终于拉开了序幕。

踏上归途

2018年12月21日,我坐上了回国的飞机。看着窗外刺眼的太阳和炫目的大朵大朵白色的云,我闭上眼睛,戴上耳机,想着还有15个小时就能踏上中国大陆,见到熟悉的亲人和朋友,脸上不禁露出美美的微笑,心满意足地沉沉睡去。

15个小时过去了,我在从飞机上走下来的时候,感觉到了一种不真实的沉重感。经过了拿行李、过海关和安检等一系列复杂的程序之后,疲倦的我终于走出了中国边检,真真正正地踏上了中国的土地。

走出闸口,立马看到了等待已久的父母。母亲的手上捧着一束巨大的花,朝我笑着走过来,一把抱住了我,眼泪夺眶而出。"咔嚓"父亲按下了快门,留下了永恒的纪念。父亲接过我的行李,母亲递给我鲜花,绣球玫瑰和帝王组合成的束花,很特别,也是我喜欢的风格,一股浓郁的纷杂的花香撞了我一个满怀。母亲欣喜地说:"孩子,欢迎回家!"搂着我的肩膀,往停车场走去。父亲一边拖着行李,一边不停地问我旅途中的情况。

晚上的萧山机场热闹非凡人来人往,我心中挂念着家里幸福的小窝,一路上看着街道两旁星星点点的灯光,心想:"回家真好!"一路上啃着母亲带来的鸡腿,一边兴奋地和父母诉说着细细碎碎的琐事,虽然有着强烈的不真实感,但幸福却来得如此强烈!

享受假期

回国的十四天,我将自己的行程安排得满满当当的,跳舞、见同学老师、吃日料、看电影……在完成作业的基础上,简直是吃喝玩乐一条龙。不过在充实的每一天中,我都尽可能地多看一些,多吃一些,多感受一些,毕竟,还有两周就要返回加拿大了啊。

在这十四天里,我的心情可以说是开心与伤感并存,开心在于可以吃到中国的美食,感受家的温暖;伤感在于,假期余额一点点变少,分别的日子又要到了。故土难舍,这个词是我此刻才真实感受到的情愫。

在这十四天里,我每天都在坚持跳舞。一开始去朵咪老师那里学习舞蹈时,仅仅是因为觉得跳舞是一项很帅气的兴趣爱好。但坚持了一段时间后,我感觉整个人都不一样了。原来做不到1分钟的平板撑,我竟然可以做4分钟了;一个都做不了的蛙跳,可以做好多个不带喘气的了;丝毫没有舞蹈天赋的我,可以轻松下腰了……不仅仅如此,当音乐一响起,在舞池中央,我就感觉这世界只我一人,我才是这个舞台的主宰,我不用担心别人对我的看法是怎样的,我就是最美的——酣畅淋漓的汗水让我欢乐,奔放的音乐让我血脉偾张,激越的舞蹈让我变得自信!

在这十四天里,我去看望了英特的老师和同学,还会了我的老友。我有两个挚友,从小一起长大,可谓青梅竹马。他们陪同我经历了人生中大大小小的挫折与快乐,我对他们无比地信任,喜怒哀乐都可以共享。我们聚在一起,咖啡、汉拿山料理,侃天侃地,即使相距一整个太平洋,即使许久不见,距离和时间都不能令我们生疏和分离。

感恩过往

翻开过往,写满了感动和温暖。那些我爱的人和爱我的人,给予我太多的帮助;那些磨难与不平,促使我成长。

出国留学,于我而言,我不知道这个决定会带给我多少成就,但我能确定的是,这是一个正确的决定,并且会影响我一生的走向。出国的这三个月中,自己的成长比我过去几年都快。在国外相对宽松的学习环境中,我有更多时间阅读和思考,也让自己更清晰地看到自己的内心,想要什么最喜欢做什么,自己努力的目标更加明确;在国际生云集的多元化学习氛围里,在和各种各样的学生的交往过程中,完善了自己的性格,改掉了一些缺点,并且交到了许多和我志趣相投的挚友;离开了父母,学习的自觉性和自律性渐渐构建起来,主动学,自觉完成作业和老师考核,已经渐渐成了习惯。不管怎样,这段时间,我的思考力和自控力,在新的环境考验之下,经历了质的飞跃。

至于为什么要提前出国,要追溯到一年前的元旦,也就是2018年的元旦。我现在的住家妈妈Ada带着她一家来绍兴游玩,母亲接待了他们,我有幸成了他们的翻译。在和他们交谈的过程中,我了解到了加拿大学习生活的情况。我内心憧憬万分,开明的教学理念,完备的教育体系,优良的教师资源,都让我心心念念。不过更重要的是,眼看着初三临近,新课基本上完了,全体同学都在为直升考而奋斗,大家都成了刷题机器,这和我选择英特作为出国过渡的学习阶段这个初衷渐渐背离。我最需要学习的内容与学校教授的以及考核的方向完全不一致,母亲觉得我能学到的新知识不多了。我跟母亲讨论多次,思虑再三,综合利弊,终于做了来加拿大读一个完整的高中这个决定。

总的来说,我的2018年有了很大的进步,实现了很大的跨越,经历了人生的许多个第一次:

第一次离家独自去国外求学;

第一次一个人坐跨国飞机;

第一次自己化妆上台主持;

第一次穿高跟鞋表演;

第一次编舞跳舞;

第一次独自选课;

第一次独立完成PROJECT;

第一次认真规划自己的未来;

第一次做早餐;

第一次写完一整本日记……

展望明天

而我相信,我的2019年,只要我努力,也同样会熠熠生辉。在2019年,我要着重在以下几方面更加努力:

首先是语言学习方面。直至走出国门,我才发现英语是多么的重要。我的英语水平和实际需要相比还远远不够,所以在接下去的一年里,提升自己的英语水平是我最主要的目标,这样可以流利地与外国人深度交流,优秀地完成作业。另外,尝试雅思考试。除了英语学习,我还想在课外找老师学习第二外语——法语。法语虽然是一门很美丽的语言,但很难学,学习之路势必会走得十分艰辛,但为了最后的成功,也为了挑战自己,我觉得我应该静下心来,考验一下自己,看看能否完成新的挑战。

其次,兴趣爱好方面。接下去这一年,我会把重心放在写作、舞蹈和乐器方面。坚持每周更新公众号,写出更多高质量的文章,在保证数量的同时提升质量,真实再现加国求学的生活点滴,也可以为后来的学弟学妹们提供一些前车之鉴;在温哥华当地找到一家比较适合自己的舞蹈工作室,继续练习舞蹈,坚持学习不荒废。吉他和古筝可以自学,持续地练习,练习经典的曲目,有机会就上台表演。

最后,生活习惯方面。首先,好好睡觉。坚持22:00入睡,6:30起床。坚持早睡,保证充足的睡眠,第二天可以以饱满的精神面对新的挑战。坚持早起,早起不仅可以提升一个人的精神状态,而且学习更加高效,增强生活幸福感。其次,坚持锻炼,可以跑步和打羽毛球:一则可以强身健体,保护自己;二则可以锻炼自己的意志力,使自己更加自律。另外,每隔一段时间,要做些提升幸福感的小事,像看电影、滑雪或者逛街等,这也是继续投入学习的动力之一。

2019年,我立下以下目标:

1. 坚持早起早睡;

2. 每天看一篇 Ted Talk;

3. 每周阅读一本中文名著;

4. 雅思目标达到7分;

5. 法语能够用常用口语交流;

6. 坚持每周公众号撰写;

7. 早晨列每天的计划清单;

8. 坚持体育锻炼和跳舞;

9. 外出远途旅行一次,滑一次雪;

10. 认真学习和完成作业,积极参与讨论,成绩优秀。

在过去的一年里,有分离的忧伤,有重逢的喜悦;有失去时的伤感,有收获时的幸福;有迷雾重重看不见来路的迷茫,有柳暗花明豁然开朗的欣喜……2018年,总的来说,还是欢喜的一年。

对于未来,也许艰难险阻还在前方,也许"生活就是一个问题接着一个问题",但无须害怕,只要不惑于方向,只要不惮于行动,只要勇于执行,时间终会给出最好的答案。

2018年已然成了2019年,时光的列车将再一次出发。

愿坚韧的心底能长出一对翅膀,带我去心向往之的美丽远方。

I do believe the best is yet to come for me.(我真的相信最好的结果尚未到来。)

让我们一起,再出发。

初春随笔

随着年纪的增长，我越发觉得时间流逝之飞快。

2020年的开头，世界即使遭遇那么大的不幸，如今也已飞驰至三月中旬。不知不觉，抬头一看，天上的云已蒙着一层浅浅的粉纱，路边的花朵也像是被施了魔法一般呈现出一派春意盎然的景象，光秃秃的树干上，仿佛一夜之间，蹦出了大大小小的花骨朵。这一切的一切，都昭示着——别怕，春天来了！

记得小学的时候，春天是我最不喜欢的季节。我认为她矫情喧哗，扭捏做作，风流惹天下，比不上"水晶帘动微风起，满架蔷薇一院香"的夏天，也比不上"树树皆秋色，山山唯落晖"的秋天，更比不上"绿蚁新醅酒，红泥小火炉"的冬天。春天在我眼里，是个妖艳的存在，过于直白和坦露，缺了欲说还休的含蓄与婉转。也可能是小时候过多地追求"独特"吧，忽略了那些明媚璀璨、不加束缚的美好，更忽略了春天"春日迟迟，卉木萋萋。仓庚喈喈，采蘩祁祁"的奔放的生命力。

可随着渐渐长大，春季在我心目中逐渐成了四季之首。比起夏天的酷热以及秋冬的阴冷，温暖的春季，让我格外垂涎。更重要的是，春季隐藏的力量震撼到了我，它强大到可以和黑暗势力叫板，并随即消融世界的阴霾，给大地覆盖上绚丽夺目的色彩。

于是乎，一年又一年，我在对春天的期盼中憧憬着下一年的到来。因为于我而言，春天的意义，早就不仅仅是春暖花开、鸟语花香。

春天的第一个意义，是勤劳，是爱的传递

春，往往是母亲最忙碌的日子。每年的春节，母亲总会组织朋友一道长途旅行。与往年大相径庭的是，今年因为疫情蔓延，母亲在上飞机的前一天取消了行程，准备留在国内抗疫。于是，她囤起了口罩、消毒水、手套以及一些简单的速食产品，以备不时之需，不仅与朋友们共享，还万里迢迢把这些物品托运到了加拿大，给我和哥哥备足了"粮食"。

同时，她还随即推出了网上公益讲座，让孩子们在灰暗的日子里，也能从知识和历史里汲取力量。母亲很快组建了近千人的两个公益讲座大群，用语音加图片的方式，举办了一场又一场讲座。十六堂精心准备的公益讲座，母亲和朋友们一个字一个字、一张幻灯片一张幻灯片精心制作好，然后一堂堂耐心地讲给孩子们听。主题变换多样，

在原本枯燥的学科知识里加进了许许多多生动的颇具吸引力的素材，我和哥哥都在群里学习，连我俩都听得不亦乐乎。

这样的春，萌发着生生不息的力量。

阳春三月悄然来临，酷爱园艺的母亲，日日早起，精心打理着我们家的花园。她在冬日就种下了很多球茎，春天黄色的水仙、色彩缤纷的郁金香破土而出，成了花园的精灵；匍匐于地上的大片三色堇，色彩缤纷，装点着绿色的草坪；芳香扑鼻的紫罗兰，惹来大群蝴蝶和蜜蜂，嘤嘤嗡嗡地忙着盘旋啜蜜。每每遇到艳阳天，母亲总是会拍一大堆美图，一股脑儿传给我，像个孩子似的向我炫耀。而我每每打开母亲传给我的图片，都有一种恍惚的感觉，想家的情绪不可遏止地喷涌而出。

每年春天，周六的早晨，完成作业后，我都会和母亲一起在南边的阳光房看书、聊天。透过阳光房的落地窗，所有的阳光都一丝不落地铺洒在书桌上，花影幢幢，雀鸟鸣叫，时光静好，岁月悠长。

春天的另一个意义，是温柔，是轻轻地抚慰

温哥华上周刚刚更改成夏令时，这算是这个城市进入春季的一个标志。从那天开始，温哥华的白天会变得很长，而黑夜便会相应地缩短。于是乎，每天太阳落山的时

间,逐渐从下午刚放学,变成了晚上六七点。随着光照时间逐渐拉长,观察天上的云朵,便成了我每天的爱好。

春天,是个连云朵都浪漫的季节。一天中,我最爱傍晚的云朵。每到傍晚,天边总是有一片或金,或橙,或粉的云,堆叠在天空的角落里,像少女脸上的腮红,又像跌落在泥土上的新鲜花瓣,充满着一种壮丽而又明媚的绚烂。

晚霞在历代著名诗人笔下,也是一个热门的存在。在苏轼笔下,是明丽的"水风清,晚霞明";在欧阳炯笔下,是灿烂的"岸远沙平,日斜归路晚霞明";而在李白的笔下,是妩媚的"绿水藏春日,青轩秘晚霞"。而在我眼中,晚霞是无比温柔的存在,晚霞之后,有照亮黑夜的星星,有月上柳梢头,有皎皎河汉,有碧海青天之嫦娥……有许许多多引起浪漫想象的神奇传说。

天空偷喝了我放在屋顶的红酒,醉了臆想,成了飘浮在天空角落的一道晚霞。

而这晚霞,悄悄地看着人间万物渐渐复苏,疫病一点点退却。

天色渐明,旭日即将东升。

重　逢

一首歌深夜写给黄淮，

你是我无法言语诉说的爱。

当我在原地无助徘徊，

你告诉我理想必须热爱。

你要我坚持我的执着，

你让我明白为谁而活。

永恒不只是那一瞬间，

我的未来谢谢你让我看见。

——《写给黄淮》

　　偶然在网易云日推上听到这首歌，听到最后几句的时候，我被感动得毛骨悚然，甚至飘飘欲仙起来。

　　作者对于黄淮学院的情感，就像是我之于英特的情义，身处其中的日子自然是无比开心幸福，即将离开之时内心必定有少许伤感，但却不惧怕分离，因为我们彼此都知道，在未来的某一天，我们一定会再次重逢。

年中,我也写了一篇推文,表达了即将离开时对英特的恋恋不舍,而这篇文章,更多的是渲染了对往日生活的恋恋不舍以及对未来生活的憧憬向往。

在2019年即将来临的前两天,我终于重回英特,看到了我一直思念的老师和同学。一踏进梦寐思求的熟悉的校园,刺眼的日光从正上方直射下来,宽阔的大道显得十分敞亮,绿植异常蓬勃,却把教学楼映衬得越发阴冷。从二号楼侧门走上去,我不禁哆嗦了一下,搓搓手,先去看望了令人尊敬的数学老师——金老师。推门进去,一股温暖的热气将我包裹,教师办公室的暖气还是那么的熟悉,温暖中带着几丝食物的香味,竟然使人饥肠辘辘起来。

金老师还是坐在那个我熟悉的座位上,我在她身旁坐下,开始跟她聊起在加拿大的生活、学科情况以及同学最近的状况。看着头发卷卷的,戴着金丝眼镜,眉眼之间带着些许温柔的金老师,我不禁想起了上学期的期末,我坐在同一个位置上,和金老师促膝谈心。只不过那时和金老师聊天的话题除了学习还是学习,她耐心地启发我以更切近的思维方式答题,避免因疏忽出现纰漏。这也许就是留学和国内学习不一样的一点吧,国内的教育体制严谨细致,英特的试卷每一题都可以是一个难点,每一次考试都是一次跨越。而留学则完全不同,可以让你学到在教室里学不到的知识,让你开阔眼界,可以让你有时间静下心来思考你到底学什么以及为什么而学,还可以让你感受到生命的鲜活、理想以及往前冲的力量。

从金老师办公室走出,我又走进了班主任倪老师的办公室,看到了刚刚上完课的她在默默收拾桌面,低头的样子一如既往的温婉,像邻家小姐姐。看到我走进去,她一时间还没反应过来,以为是哪个老师找她,直到我站在她面前,她"呀"地轻唤了一声,继而亲热地搂住了我的肩膀:"原来是一然啊,你回来了啊。"我们用短短的课间十分钟,交流了很多最近的生活情况以及学习状况,无奈倪老师下一节还有课,我只好自己先去学校里逛几圈。

同学们都在忙,忙于上课,忙于刷题,一月是他们分流考的关键时期,我不好硬生生地去打扰大家。我独自走到了操场上,全新翻修过的操场在阳光下熠熠闪光。深绿色和浅绿色交替的草坪,被鲜红色的跑道包围着,让人看一眼内心就顿时生发出无限生机。眼前,闪现出一幕幕往事:运动会上,我们在这里拼搏呐喊;体育课上,我们在这里训练嬉戏;课余时间,我们三三两两在跑道上散步。迎着晨岚,送走暮霭,每一日都充满了欢乐和欣喜。

我看看手机,估摸着时间差不多了,就走到了教室门口,等待他们下课。中庭的红枫真美,在凛冽的寒风里,红得如此热烈,像冬日里怦怦跳动的心脏。

"丁零零"下课铃声唤回了我的思绪,我小心地推开了教室后门，走了进去，看到那一张张熟悉的脸，穿着一如既往的校服大衣和校裤，朝着我可爱地笑。我刚走进去，就听见了寝室长震天响的叫声："啊啊啊啊啊啊啊，一然，你回来了啊！"早已习惯这种分贝的我急忙抱住了冲过来的她，一边被她上下摇动着一边不停地笑着。班长也跑过来，小鹿一般的眼睛忽闪忽闪地看着我，不一会儿，我最想念的那几个朋友都走到了我的身旁，我清了清嗓子，开始问候大家，并给大家分发带来的礼物。我被围在中间，一直被包围着，忙于应对一群叽叽喳喳的"小鸟"各式各样的提问，忙于拥抱和各种亲昵，忙于一起聊天聊地聊未来。

中饭时间到了，我挽着好朋友的手来到了食堂三楼，本来想吃魂牵梦萦的酸汤肥牛，无奈它过于火爆，早已售罄，只好吃了咖喱土豆盖浇饭，不得不说，英特食堂阿姨烧饭的水准又提高了不少，连我这样不吃咖喱饭的人都忍不住吃个精光，忍不住想舔盘子。

吃完饭，我们来到了操场上，男生开始踢球，而我们7401寝室的女同学则开始各种拍照。拍完照我们还坐成一圈，玩起了初二最火的游戏——狼人杀，笑声、吵闹声响彻上空，但愿校园里能铭刻下我们最疯又最欢乐的瞬间。我看着阳光下同学们的侧影，欢愉弥漫在我们身边，多希望时间就此静止，而我们能永远停留在英特……

这样贪婪地想着，但是梦想还要继续。考上英特是我小学时期的梦想，通过努力，我实现了这个小目标，当时拿到录取通知书的我恍恍惚惚的，被巨大的喜悦冲昏了头脑，好像在梦中游走一般。而现在，我有一个更大的理想要去实现，我的未来在不断延伸，我的梦想无边无际，那我便不能拘泥于过去，怀念过去的同时，更要展望未来，更要奋力前行。

在英特学习和出国留学，是两个相辅相成的事，像两条互相交叉的人生轨道，互相成就。正是在这两年里，英特教会了我独立生活、独立学习。学富五车的老师为我展开了更广阔的世界，卓尔不群的同学让我更加懂得"山外有山，天外有天"的道理，快节奏的住校生活让我学会了怎样自己照顾自己，忙碌的学生会和社团工作让我学会了怎样处理和身边人的关系，同学间的朝夕相处让我懂得了怎样控制自己的情绪，怎样豁达大气与人为善……而这正是出国留学所必备的品质，是我能够很快适应留学生活的关键所在。

我感谢英特，她让我找到了自己的专长，并实现了自己的阶段目标；我感谢英特，她让我明白了为谁而活，为谁奋斗；我感谢老师们，你们让我明白了目标和现实之间的差距，以及如何努力去填平这看似难以逾越的鸿沟；我感谢同学们,你们给了我信任和友谊,让我真正地体会到了朋友的重要性;我感谢这一切,这两年的学习旅程,让我发现了"另一个自己",遇见了"另一个我",用微弱而倔强的自我光芒照见了不甚清晰的未来之路。

村上春树说,每个人都有属于自己的一片森林,也许我们从来不曾去过,但它一直在那里,总会在那里。迷失的人迷失了,相逢的人会再相逢。

亲爱的同学,期待来年再在英特重逢,欢喜如今朝。

2020年的春天

希望多年以后能这样说起。己亥年末,庚子年春,荆楚大地疫。染者数万计,众人皆恐足不出户。时,天下震动,南山抵守江南郡,率白衣军数万众。然,九州一心,能者皆竭力。月余,疫尽去,华灯初上,万国称赞。此为——大幸。

——题记

一眨眼,已是3月底。

国内的疫情眼看着渐渐被遏制,呈槁苏暍醒之势。然,没有料想到的是,新冠病毒竟然以更为猛疾之势,在世界各地蔓延开来,先是意大利、日本、韩国接连沦陷,紧接着,美国宣布国家进入紧急状态,再后来,席卷世界各地。

许多国家的政府,一开始并没有引起足够的重视,只是隔岸观火般静静地目睹着疫情在华夏大地肆虐。直到超市中的厕纸被莫名哄抢一空,各国染疫案例日益猛增,莫大的恐惧在各国人民心头悄然萌发,首脑们这才意识到,这场大火,再也不只是在对岸熊熊燃烧了,而是与各国休戚相关。可惜的是,由于没有在早期进行严格的管控,现如今,全球新冠肺炎患者累计超过30万,仅有6064万人口的意大利,已有超过8万人感染。死伤者,更是令人心痛到无法计算。

在如此严峻的现实面前,各国的留学生,正面临着进退两难的选择:回国,还是留下?

一方面国外政府不重视,在前期任由疫情发展,由此给许多人口密集的城市都造成了无法挽回的后果。而身在异乡的我们,对比国内的严防死守,看着当地人依然不戴口罩遛狗,频繁去超市和咖啡馆,第一次产生了深深的无力感。还有,由于文化差异,当地人对戴着口罩的我们,也充满了强烈的不信任感。之前我去超市购物,看到我戴着口罩和手套,收银员远远地避开了,幸好有自助付款机可以买单。

留学生群体中的很多人,在父母焦虑的催促声中,穿上严实的防护服,戴上口罩和护目镜,全副武装,踏上了凶险无比的归国之途。在机场这样每日人流量密集的地方,感染的风险大大增加。在飞机上这样的密闭空间,30多个小时不吃不喝,苦不堪言。回国还要隔离14天,若是同机有病患,得再次医学隔离。于是乎,回国还是不回国,成了许许多多留学生焦头烂额的问题。

于我而言,这次疫情,不仅是我出生到现在为止所经历的最严重的危机,也是在出国的两年中第一次处于这般进退维谷的境地。在这两年中,我第一次如此强烈地体会到了海外学子想归国的无奈。因为我相信,在现在的情况下,中国仍然是我们心中最安全的地方。

母亲每天都在微信上关切地询问我和哥哥要不要回国,我一度很纠结,心里有点害怕,也很想家,但又不敢踏上归程,何况学校对课业的指导性意见也没有出来,我也不敢贸然回国,若是回国了不能按时报到怎么办?即便是上网课,回国之后因时差问题,上课时间全部在半夜,这样日夜颠倒的作息短时间还行,若是撑好几个月,这也太折磨人了。而且,我哥在英属哥伦比亚大学上大学,4月是期末考试,5月和6月都选了新课程,7月他还有实习,他也不想轻易放弃。经过全家商议,我和哥哥决定暂时不回国,按兵不动,安心宅家上网课,有事做,尽量过得有意义些。另外,母亲提前在网上预订了5月份回国的机票,由于是加航的航班,暂时还没有被取消。

由于住家妈妈去多伦多探亲时疫情已经暴发,所以从安全考虑,母亲希望我搬到别处有个隔离期。徐老师知悉后,特地为我整理出了一个房间,让我在困难的时候,马上有了一个温馨的住处。且值得称道的是,徐老师的厨艺真是好棒,油焖笋、凉拌黄瓜、雪菜肉丝面,这些简单好吃的家常菜最大限度地唤醒了家乡的味道。还有佳佳妹妹的厨艺也很好，火腿土豆泥可谓是一绝。哈哈，我现在有一种强烈的愿望，一定要好好学一下做菜，可以在任何困境中，安慰自己永远充满欲望的胃。周老师幽默可亲，常常和我聊天，家的温暖减轻了焦虑感，恐慌也随之消失了。

以前，母亲对我说："孩子，妈妈希望你随遇而安，能享受米其林大餐，也能吃路边小食；能下榻五星级酒店，也要开心地住简陋的快捷酒店。这样切换自如、简单生活的心态，才能让你获取更多的幸福。"时至今日，我才真正体悟出她说这段话的真正内涵。在家里的时候，即便有住家阿姨，母亲还是让我和哥哥打扫房间，收拾屋子，一起种植干活，也让我们一起下厨。她还说："孩子，技多傍身，要什么都会做。当然，若是你有本事，可以什么都不做。"原来，她是让我们练就十八般武艺，来抵抗这个世界突如其来的恶意，有能力穿上盔甲，才能百毒不侵。

在如此漫长的隔离在家的日子里，我列了一个生活和学习的计划，让自己过得充实一些。毕竟除了做完学科内的作业之外，每天还有大把的空余时间可以利用。每天，我都会按时起床、熄灯，会在早起的时候收听有声书，阅读中英文书籍，下午在跑步机上快走锻炼，再加一点KEEP动作，也会在睡前看一些有趣的电视剧、综艺等。

不仅如此，我会在下午按时学习一些有趣的网上课程。我一般会用到的网站是edX,edX是一个由麻省理工学院和哈佛大学创建的大规模开放在线课堂平台。现如今,有超过60个国际著名大学和机构在这个平台上免费展示大学水平的多样化课程,这是一个很好的网上学习平台,可以在丰富课余生活的同时,学到各个领域的知识。不仅仅有哈佛、麻省理工等美国顶尖大学,还有英属哥伦比亚大学、多伦多大学、北京大学、清华大学等国际知名大学加入,这个网站由此变得更加多元。像今天,我就开始学习发展项目中的风险管理项目,为未来的专业选择做好铺垫。项目风险管理旨在先发制人地管理可能影响项目的积极和消极事件,从而提高项目成功的概率。课程时长大约为10个星期,每个星期有6—8个小时的要求上线时间。所有的课程都是免费的,但如果在课程结束需要一个结业证书的话,就要额外支付35美元的费用。

在天灾的考验下,我们更应该不慌不忙,足不出户,在好好保护自己的同时,丰富自己的生活。不仅如此,我每天和父母、外公外婆报平安,让他们安心。疫情之下,也是一种磨砺,让自己更有抗压的能力,更加冷静地处理突发事件,生活在远离亲人的风暴中心,也没有可以回去的挪亚方舟,未来我们还有什么好怕的呢? 疫情也教会我们要更独立地生活,更辩证地看待事物,更豁达宽容地经历人事,感恩身边的温情,珍惜家人的呵护。大的灾难,有时也是珍贵的成长佐料！

让人深深忧虑的是，并不是每一个留学生都过得充实且平安。在发达的互联网时代，每一条信息都会在暗黑的土壤里生根发芽，又会在别有用心的人的手下发酵、腐烂。于是乎，在一个庞大的群体中，一人犯错，整个社会就容易对这个群体产生负面的印象，从而对团体中的其他人做出负面的判断。

一叶障目，扭曲事实。

就如同这次对留学生反感的事件，仅仅因为一人的"矿泉水"事件，所有的留学生就被"污名化"了。许许多多国人在网络上不负责任地对一行留学生进行痛斥，"洋腿子""卖国贼""崇洋媚外""千里送毒"等难听的词语在网络上开出罪恶的花朵。也许是因为那些好事者认为在互联网时代，所有人在网络上都可以拥有绝对的言论自由。所以他们不管事实真实与否，都在网络上进行虚假的发言，夸大其词，恶意中伤。

诚然，在我的朋友圈中，的确有极小部分崇洋媚外的留学生存在。但更多的是怀着一腔爱国热情的留学生。他们在当初武汉疫情极为严重、城市濒临沦陷的时候，毫不犹豫地参与募捐活动，捐赠物资、进行义卖、在网络上集资等等。

现如今，情势日渐严峻，许多国家却依旧十分佛系，毫无灾难意识，也没有采取强有力的防疫措施，即便有措施，当地人也难以改变他们浪漫自由的天性，依旧我行我素。许多留学生看到这样的情景，内心不免惶恐，萌生了强烈的思乡之情，这也是人之常情。更何况，在我们的团体中，许多留学生只是孩子，年龄还很小，未成年人占绝大多数。这是他们在自己短短的人生中，第一次面临这般孤立无援的境地。在这样的情况下，想回国和家人待在一起，合情合理，也应该全力帮扶。

百余年前，我国就有留学生赴海外留学，绝大部分有志之士学成后即报效祖国。2019年，我国外出留学人数更是创历史新高，以60余万人的数字，毫无悬念地成了"世界最大留学生生源国"。留学在外，并不意味着我们不是中华同胞。不论我们身在何方，讲着什么样的语言，我们的祖国，永远都是中华人民共和国，母语都是中文。我们，也是拥有上下五千年历史的中华儿女。我们不会在祖国有难的时候袖手旁观，我们同样也不希望在我们遇到困难、需要避风港的时候，被同胞冷眼相待。

最后的最后，我想说，我们只是暂时被困在家里的人，即便是在离家万里的大洋彼岸。然而，却有许许多多被病毒夺去生命的无辜的人，永远地被困在了2020年的冬天，仓皇而凄凉。那些因为亲人的逝去而无法走出阴影的人，也永远被困在了原地。与他们相比，我们有什么资格去渲染矫情的情绪，有什么理由深陷于悲情的思念里不能自拔，还有什么困难不能被坚毅与沉着一点点消融。

想念江南的春。

宛委山下，满树的樱花，旖旎于春的枝头，如天边绯红的云霞。那一抹嫣红，是春暖乍寒的惊艳，燃烧着奔放的激情，绽放着生命的烈焰。

温哥华的街头，也酝酿着一场樱的盛事。

想象着四月，街道两侧，房前屋后，盛开着粉色的白色的一树树樱花，翩若惊鸿。这种超凡脱俗的气势，如海浪般汹涌，如暴雨般磅礴，如悬瀑般倾泻。团团簇簇，皆是春的火焰。

疫情终会过去，全世界的大街小巷，都将洒满灿烂的阳光，让劫后余生的我们，拥抱春天的绚烂。亲爱的朋友们，即使今日我们暂时宅在国外，也请像个大人一样保护好自己，这个世界没有那么多英雄，先让我们做一个勇敢而坚定的人。

冬天的意义，大概是必不可少的静默和休眠，等待袅袅婷婷璀璨夺目的春天。

漫长的等待，也许只是为了让我们更加珍惜。

回 国 记

　　4月初,各国的疫情逐渐严重,春假结束后,所有的课程也从线下一律转为线上,有的还是录播课程。鉴于我才十年级,课程不紧张,去年暑假也提前修完了十年级的英语和数学课程,再加上国内疫情已经得到有效控制,回国后可以开始新的学习历程。于是,权衡利弊,我与母亲很快便做出了回国的决定。

　　因为航空管制,我们只订到了最早的4月15日飞往广州的机票,还好因为之前已经有了心理准备,母亲还特地写了一份超级详细的《返程注意事项》,已经提前让我准备物资,还开始了健康码的每日打卡。所以,在决定回国之后,我便开始进行更加细致的研究和准备。

　　准备阶段:

　　再三考虑后,我决定背一个双肩包的同时,再拎一个手提的袋子。双肩包中我会放置一些入境需要的文件资料,以及少量消毒产品,还有手提电脑。手提的袋子里我会放入防护服、医用口罩、N95口罩、手套、雨披、小零食、消毒湿巾和消毒喷雾。这样在飞机上就不用站起身到柜子里取用双肩背包里的物品，只要把随身的手提袋放在脚下，就可以随时取用消毒用具及其他必需品了。

虽然母亲的朋友章叔叔提前帮我们在后台锁定了舱位，还帮我们选到了靠窗的位置，一切准备就绪后，为了防止出现航空公司超售没有机票的现象，我和朋友COCO还是提前5个小时出发，周老师起了大早，载我们来到了温哥华机场，我们心情复杂地等待着这次特殊的旅途。

飞机上：

到了机场之后，可以发现，机场里除了工作人员几乎空无一人，只有我们这一班航班的旅客在有序地等待托运。大家都做好了各种防护措施，因为害怕体温升高而登不了机，所以在登机之前我都只是穿着雨披，戴着两层医用口罩和护目镜。

托运结束，经过了常规安检流程，我们便走到了登机口。温哥华机场里几乎所有的商铺都关门了，只有最大的免税店还开着，为了消化库存，全场同一个品牌买二送一。以前每次回国都会买点礼物赠送给家人，但这次我没有进去。

登机之前我和朋友去买了两瓶矿泉水和一些小包装的零食准备充饥，同时也换上了防护服和N95口罩。上飞机之前，医护人员检测了我们的体温并记录了下来，体温过高的会要求在一旁等待片刻，因为有可能是受穿着过于厚重等外界因素的影响，我清楚地记得我第一次检测的体温为36.1摄氏度。

上了飞机之后我用随身的一个大的黑色塑料袋将背后的双肩包扎紧,放到置物架上,然后调整好姿势,准备迎来14个小时一动不动的"旅行"。飞机起飞后,机组人员向我们分发了一袋食物,里面有八宝粥、薯片、士力架、曲奇饼干、水果等,物资丰富,足够充饥。但我全程没有喝水和吃食物,只是看了一会儿视频,便沉沉入睡了。

在这14个小时中,我们一共检测了3次体温,第一次是在飞行4小时的时候,第二次是在飞行8小时的时候,第三次是在降落前2小时的时候。每一次都会有机组人员把体温记录在表格上。等到最后一次体温检测结束之后,飞机便降落在了广州白云机场。降落之后会有地面工作人员带我们分批下飞机。第一批是公务舱和需要使用轮椅的老人,第二批是老年人和带孩子的旅客以及孕妇,最后才是其他所有的旅客。在下飞机之后,工作人员会在护照上贴一个带着数字的小标签,之后所有人都会来到航站楼休息,等待更加系统化的检测。

下飞机后:

检测的顺序是护照上号码的顺序,20个号码为一组,会有医护人员带领着去检测体温以及核实信息。在等待叫号的过程中,要求我们填写一个海关健康码,这个和防疫健康码有所不同,是一个更为详细的海关健康码,这个二维码在之后确认信息的时候都会用到。

填完健康码之后，我赶紧和朋友一起去上了厕所，毕竟在飞机上我们可是14个小时一动不动，连厕所也没敢去。因为我们在飞机上的座位较为靠前，所以很快就轮到了我们检测第一轮体温。检测体温之前，会让我们扫描健康码并核实护照信息，也会询问我们近14天内有无出入境记录等一系列基本问题，这时我们只需要如实回答即可。

核实完信息后，我们会到后面一个站台检测体温，检测完之后，一切正常，便又到航站楼楼下进行核酸检测。核酸检测之前，医护人员会让所有中国公民签一份表格，就是进行核酸检测的认可书。接下来便是很多人都很担心的核酸检测会很难受。在出发之前我也查找各个网站的资料，也看见核酸检测的示意图，那个从鼻孔戳进去的鼻拭子我也有所耳闻。但真的经历过之后，其实真的还好，只是鼻腔会有一些酸酸的感觉。医生阿姨很友善，也一直在跟我打趣，缓解我紧张的情绪。

做完核酸检测之后，基本上这段旅程就已经成功99%了。剩下的就只有去拿行李，然后去分流点等待分流。我和朋友被分到了广州的天河区，我们毫无异议，完全服从安排。被工作人员带上大巴车之前，还要进行最后一次体温检测，然后经过35分钟的车程，我们便来到了隔离点。

下车之后，我们一行人排成一列，一个一个等待着医务人员对我们进行全身消毒,消毒完成之后才能进入宾馆。进入宾馆之后便是快速地进行信息核查,办理入住手续,接下来在工作人员的指示下来到自己所住的楼层,便开始了我长达两周的隔离生活。

写在最后:

这一路上检验检疫环环相扣,让我深深地感受到了国内防疫工作人员的严谨和仔细。他们长时间在危险的工作环境中,身着如此厚重的防护服,毫无怨言,仍然耐心地工作着,对待我们的态度极为亲和,帮助我们踏上回家之路,让奔波一路的我们真正感受到了温暖。他们,值得我们一辈子铭记与尊敬!

不仅如此,这次的回国经历还让我感受到了国家力量的强大。防疫手续的一道道一关关,无不彰显出中国对待疫情一丝不苟的态度。正是如此严密细致的工作,全国上下同心勠力,中国才能够在短时间内迅速控制住病毒的蔓延,应该成为世界各国防疫的学习典范。

最后,希望每一位海外的游子,不管是决定留在国外,还是回到祖国,都能够平平安安、顺顺利利! 如果你还在海外,请一定注意戴好口罩,勤洗手,尽量居家隔离,减少外出,千万不要掉以轻心;如果你准备回国,请仔细读读以上文字,提前做好准备。

让我们一起加油!

放弃，是为了更好地开始

不知为何，总觉得2020年如同飞梭一般逝去，再回头看，便已是年末了。自我8月底从中国返回加拿大至今，也已过去近3个月。在这3个月中，我没有更新一篇公众号，除去疫情期间的确缺乏有趣之事以外，因为选择就读IB课程，学业上的压力也压得我喘不过气来。于是便一拖再拖，只能在学期末唯一没有测试的一周，写一篇随笔。

因为疫情，BC省（不列颠哥伦比亚省）的学校选择了一半网课、一半线下上课的模式。对于就读普通课程的高中生来说，周一至周五每个早晨都要到学校上课，但每周只有一个下午需要去学校上课，其余的下午是以自己在家上网课的形式来学习的。但对于IB学生来说，情况又有一些不同，十一年级的IB学生每周有两个下午需要到校上课，十二年级的学生则需要每日全天到校。不仅如此，所有高中都将一个学期一分为二，也就是说由原来的四个月上四门课，变成了两个月上两门课。虽然从计算指标上看，两种教学模式在教学进程上并没有任何不同，但对于IB学生来说，原本就比普通课程快一倍的学习速度又在新调整的教学模式下增加了一倍,也就是说我们正在以普通课程教授速度四倍的速度学习,而且还是不会放慢脚步的全英文学习。如此一来,学习压力可想而知。

于是乎,从9月10日开学以来,我们几乎每个星期都有一次大的考试,并且因为知识量实在是庞大,于是每天需要消化吸收的知识点数不胜数,又因为有许多学科的专用名词都是第一次接触,都需要学习和掌握,我们都笑称自己交了学费还要自学。是的,我每天听完课可以吸收的知识点仅仅是老师所传授的三分之一,剩下的很大一部分,都需要在课后自学、巩固,然后再不断操练和掌握。

这学期我的两门课是地理和化学,地理虽然烦琐,但发挥死记硬背的本事,还是能掌握一个大概。但是化学因为是排在下午的学科,也就是说五分之三的时间我们是在家里上网课的,而我们化学的学习模式则是在上课之前老师构建的网站上观看教学视频,然后老师上课的时候再以倍速将知识点捋一遍,最后则是我们回家自己做作业。刚开始的一周还可以接受,因为讲授的一大半内容是我之前学习过的。从第二周开始,当化学课的教学速度逐步加快时,我便感觉有些吃力。即便是我上课很认真地听讲,课后也尽力完成作业,同时及时地问老师问题,每每遇到新的题目,我还是写不出个所以然来。而我几乎所有的IB同学都是学过Pre-IB化学课程的,而我九、十年级的时候连普通化学都没有选,且同学中的绝大多数是当地学生,英语能力远超过我们。对于我这个插班生而言,一开始抱着对IB课程的三分钟热爱,即使每天学到凌晨,我也还能接受,但时间一长,看到周围的同学学得十分轻松,就渐渐有了焦虑的情绪。

记得从九月底开始,我们每周都有一个化学测试,但当我还在温习旧知识的时候,老师就已经马不停蹄地开始教授新的知识,导致我陷入一个死循环,也越来越跟不上上课的速度。因为我几乎每天就会跟母亲视频对话,每每一聊起学科学习,眼泪就止不住往下掉。记忆深刻的是有一天晚上,因为第二天有地理考试,但我又不得不上一门化学的课外辅导课,上完已经是九点整,复习一半的时候抬头看看手机,已经是第二天凌晨,当时周围一片死寂,我看着窗外冷冰冰的漆黑,突然产生了一种复杂的情绪。它包含了难过、焦虑、后悔等,我那时候就想:要是家人在身边,是不是就会好很多? 当然,这仅仅是我片刻的幻想,因为再过几分钟,我便又投入新一轮的复习里。

因为那段时间情绪非常不稳定,也觉得自己学得很不快乐,在母亲的再三催促下,我终于下定决心把化学课换成了生物课。虽然临时放弃,有违我一贯的行事风格,但事实证明,在不读化学之后,我至少每天可以在12:00前入睡,也减少了翻来覆去睡不着的时刻。

这三个月的学习时光，是我至今为止遇到的最大的学习挑战。说实话，疫情真的不足为惧，戴着口罩上学，认真做好防护，回家及时消毒整理，也没有那么危险。而且，当我陷入IB学习之中，我似乎已经忘记了病毒的威胁，因为压根儿没有时间和精力去考虑学习之外的事情了。所以，我觉得非常有必要把这段灰暗的时光记下来，纪念自己所做的努力，纪念自己坚持的勇气，也纪念抉择后的无悔。等以后，回过头来看看走过的每一步，也给自己继续前行的勇气和力量。母亲说得对，没什么可以后悔的，人生走过的每一步，都值得怀念！

放弃，不是不爱学习，不是对自己的否定，更不是丧失坚持下去的信心，而是为了腾出手来，有更多的时间，学习对未来想学专业更有帮助的学科，是为了更专注地向目标靠近，是为了更好地开始！

最后要说，不管是今年选择留在国内开启云留学的学生，还是坚守在海外的我们，必然都会时不时遇到灰心丧气的时刻，也会有很多想要放弃的经历。但不管怎么样，要时刻提醒自己，我们只是一时的不幸运而已，如此灰色的2020年都即将过去，还有什么事是不去的呢？毕竟，从这一刻开始，所有你所认为无法过去的，都已经过去了，我们不能每日深陷于后悔的情绪中，不时抬起头看看未来的日子、身边的人，心中多一份感激，再昏暗的日子都有闪光之处。

　　“所以,也希望你继续

　　兴致盎然地与世界交手

　　一直走在开满鲜花的路上。”

12月的奇迹

昨日，不经意间打开手机一看，已是2020年倒数几天，不由得发出了"人生天地之间，若白驹之过隙，忽然而已"的感慨。

今年真是奇幻的一年，从1月底疫情暴发，到3月逐渐蔓延至全世界，幸运的是，中国政府采取的行动有效地控制了国内疫情的大规模蔓延，但地球上剩下的国家却没有那么幸运。欧洲、美洲、非洲，全世界的各个角落都受到了疫情不同程度的冲击和影响。唯一令人庆幸的是，疫情给予了我不可多得的能在国内和家人共度的日子，自从初中住校开始，我就从没有超过两个月的时间在家里和父母度过，这次却阴差阳错地在国内待了将近四个月。遗憾的是，也是因为疫情，这次圣诞节没有回到国内和父母亲朋一起庆祝，而是留在加拿大和年逾古稀的住家爸妈度过了我在加拿大的第一个圣诞节。

我的住家爸妈来自英国，有属于他们的独特的圣诞节过节方式。往年他们都会邀请自己的好友来家中一同庆祝，但今年因为特殊情况，家中仅有我们四人，虽然人少，但圣诞节的流程确实一个也不落下。住家爸爸在一个月之前就给他们的院子挂上了亮闪闪的装饰，还拿出所有的圣诞装饰将整个一楼都装饰了一遍。住家妈妈也没闲着，早早地将圣诞树搬到了餐厅，并且挂满了各式各样的装饰品。不仅如此，在装饰完圣诞树之后，他俩开始着手准备给大家的礼物。圣诞节在欧美国家的重要性不言而喻，每家每户都会为自己的朋友们准备一份礼物，临近圣诞节时便会一家家上门将礼物送出。我也不例外，给住家爸妈、室友、老师和同学都一一准备了礼物。

准备好礼物，就剩下最重要的圣诞晚餐了。住家妈妈提前一周就开始准备各种食材，以及圣诞甜点，每天走进厨房都能闻到一股烘焙专属的香味，这种感觉温暖而熟悉，我仿佛看到了外婆，她正在厨房里忙碌，为全家准备新年大餐。

伴随着圣诞树下的礼物一点点叠加，圣诞节也即将来临。圣诞节早晨是大家互换礼物的时刻，一大早大家就兴冲冲地聚集在客厅，等到大家都坐定了，便开始交换礼物。看着对方收到礼物时兴奋的表情，似乎比自己收到礼物还要快乐许多。交换完礼物后，早餐开启。圣诞节的早餐是一份名叫"Wife savor"的餐点，由在牛奶里浸了一晚的面包片、鲜嫩的培根以及浓香的芝士一层层叠加做成，并且在最上层铺上麦片。小小一块就能给人无限的动力。绵

十二月的奇迹

软的面包片，配上酥脆的麦片本就是口感的双重享受，再加上咸淡适宜的培根片以及浓郁的芝士，佐以早已拌均匀的什锦水果，毫不夸张地说，这是我吃过的最好吃的西餐早点。吃完早餐后，住家妈妈便开始准备圣诞晚餐了。烤箱中甜点的吱吱声，铁锅中特制肉汁冒泡的咕噜声，加上电视机中正播放的圣诞音乐，每一个音符和细节都恰到好处。

圣诞节的下午，住家妈妈正在厨房里做饭，我和住家爸爸正在玩牌打发时间。突然他询问我要不要一起玩拼词游戏Boggle，我欣然接受。他拿出一个Boggle游戏机，经过打乱和旋转，屏幕上会出现十六个字母，而我要做的，就是在规定时间内从这十六个字母中写出尽可能多的英文单词，唯一的要求则是单词中的相邻字母在boggle屏上也要相邻。这个游戏不但考验玩家对于一个单词的熟悉程度，同时也考验玩家的单词储备量。因为是在我与住家爸爸之间的比赛，所以毫无悬念，我输了，但在玩游戏过程中的欢声笑语却让我圣诞节当天的心情好到爆。

在我和住家爸爸就要玩厌Boggle的时候，住家妈妈从烤箱中搬出最后一道大菜，并宣布圣诞晚餐正式开始。圣诞晚餐共有两个部分，第一个部分是烤鸡、牛排等正餐部分，第二部分则是各种甜点。正餐除了烤鸡以及牛排两道大菜，还有各式各样的蔬菜，我们会在切牛排和烤鸡之前先把蔬菜夹到盘中，所以在拿完牛排和烤鸡之后每个人的面前都会有一个满满当当的餐盘。我们一边吃饭一边开心地聊天。在每个人都将面前的餐食吃完之后，住家妈妈便搬出她精心制作的三道甜点。一道是焦糖鸡蛋布丁，一道是奶油水果蛋白面包，还有一道是拌匀的各种水果捞。在这当中我最喜欢的就是蛋白面包，蓬松酥脆的蛋白，酸酸甜甜的水果加上微甜的奶油，在入口的一瞬间炸开，唇齿留香，余音不绝。

甜品时间结束之后，今年的圣诞晚餐也算是告一段落了，紧接着大家会倒一壶茶，慢慢地聊聊天。

回到房间，母亲和我视频通话，给我看了家里布置好的圣诞场景。每一年，母亲都会在12月请人大扫除、布置屋子，每一年我和哥哥都会收到以圣诞老人的名义送来的各种心仪的礼物，每一年的圣诞节母亲都会邀请许多朋友来家相聚，喜乐与平安，永远留在我们的心底。虽然远在异国，我们也收到了父母的圣诞礼物。

2020年的圣诞节虽然没法外出，但蜷缩在家中一隅，与加拿大亲人、室友相聚和欢度，回顾一年的收获，感恩身边的好人好事，又何尝不是一种幸福呢？夜深了，望着窗外皑皑白雪，满眼噙着热泪，揣着感恩的心情，沉沉睡去。

今年，对于所有人来说都是极具挑战性的一年，病痛、分离、困厄、孤独……但在这寒冷冬日里，总会有温暖的人留在你身边,总会有温暖的事时时发生,总会有充满希冀的未来在不远处展露微笑。光阴易逝,岂容我待。希望每个人都能传递出这一份温暖,给旅人以慰藉,给世界以明媚,那么春天也将在明日悄然萌芽。

春节的怀念

"错过了秋枫和冬雪，一定会迎来春天的樱花吧。"

古往今来，春节都是我们中华民族最隆重的传统节日。每当临近新年，家家户户挂起红灯笼，贴起寓意吉祥的春联，买来烟花爆竹和红红火火的新衣裳，大家都为迎接崭新的一年做足了准备。不仅如此，除夕夜之时，圆桌上往往摆满了一道道丰盛的菜肴，一大家子围坐在桌前，吃年夜饭便也成了一家团聚的美好时光。在忙碌辛勤的一年过去了之后，能够和家人坐下来，在热腾腾的佳肴前，其乐融融地分享生活中的大小事，就是最简单平淡的幸福。

眨眼之间，今年已经是在国外度过的第三个春节了。之前的年夜饭，往往是和朋友一起约着，在温哥华找一家中国餐馆聚一次，虽然意犹未尽，却也解了思乡之苦。去年的春节，邀上三两好友聚在一起，在附近的一家川菜馆，点了一大桌的菜。有经典的北京烤鸭、麻婆豆腐、鱼香肉丝、回锅肉等，虽然味道比不上家里的正宗，却依然为孤身一人在外的留学生活增添了几分色彩。

今年却因为疫情，所有外出计划都被搁置，不得已只能在家中涮火锅。在火锅热气的氤氲里，看着电视机里重播的春晚，眼角不禁湿润了起来。小时候的我，还会回到外公外婆的诸暨老家，坐在空旷的客厅里，大敞着门，正对着种满了菜蔬的大院子，右侧的一棵橘子树已经长成了参天大树，每年橘子都可以收获一箩筐了。南方腊月的冷气并不强烈，吃着红烧猪蹄、西施豆腐、鱼头汤等等外婆和母亲的拿手好菜，看着门外的天空由天蓝色转变为深红色，最后是静谧的黑暗，一切都那么平凡且幸福。

吃完年夜饭，因为是家中最小的孩子之一，大人们都会拿出一个个红包，塞给我或者母亲，母亲总是好意拒绝，但拗不过长辈们的心意。兜里揣着厚厚的红包，嘴里是外婆塞给我的糖果，心里也甜蜜蜜的。傍晚，外公会牵着我的手慢悠悠地走，去村口的小卖部买好多不同种类的烟花爆竹，记忆中最深刻的是一种长杆型的，点燃后对着天空，会在不远不近的距离放出将近三十发形态各异的烟花，看着烟花聚又散，身边是最爱的人们，他们脸上洋溢的笑容就是世界上最温暖的存在。饭后，我和哥哥会到爸妈的卧室看春晚，我们挤在他们的床上，撒娇让母亲掏耳朵、刮痧，紧挨着母亲一起看电视，父亲的大红包会一发发砸过来……

"嘟——"被手机发出的声音打断了思绪,原来是母亲打过来的视频电话,电话里是嘈杂的人声,但能从中分辨出母亲的一句:"新年快乐,孩子!"母亲的视频扫过去,看到了花团锦簇的家,看到了满桌的饭菜,看到了父亲放在角落的球包,看到了白白胖胖的狗狗小啦,一派喜气洋洋的热闹景象。外公外婆接过电话,他们眼角满是笑意,嘴上说道:"啦囡又长大一岁啦,新的一年要平平安安哦,外公外婆的压岁钱收一个!"我心里一酸,没忍住,一滴极小的泪花从眼角落下,我急忙偷偷抹掉,生怕听见几句安慰之后便是泣不成声。通话结束,坐在书桌前,看着窗外黑沉沉的天空,还有从窗缝中透进来的丝丝寒风。手机屏幕一闪一闪,打开一看,是初中群里的同学们正互相祝福着,发着红包。看着消息一条一条地弹出来,心中也生出一丝丝羡慕的情绪来。

大年夜,还是母亲的生日。她总是忙前忙后,忙着照顾家里的老人,忙着张罗年夜饭,忙着给我们准备红包和节目,忘了那天是她值得纪念的诞生日。每一年,我都会早早地给母亲准备礼物,然后提前预订,在生日前夕送到母亲的手上,还给母亲写了贺卡:祝世界上最美丽的女人生日快乐!妈妈,您可以不用一直当我的妈妈,今天就当迷人而快乐的美女吧,开开心心!

小时候觉得春节十分烦琐,除了收到红包之外,好像

春节的怀念

没有什么值得开心的事了，现在才知道，能回家和家人们一起过年，便是最值得庆祝的事情。

在这一年里，每一个人都经历过低落的时光。有些人失去了工作，有些人被迫和相爱之人分隔两地，还有些人停止了出国留学的计划，我们家亦痛失满头银发、满满正能量的太婆……在这样多灾多难的一年里，我们更需要积攒勇气，在满地泥泞的世界里抬起头，看看天上闪闪发光的星星。

没有一个人的生活会是完全美满的，总会充满了大大小小的裂缝，但只要你心怀宽容与豁达，强烈而温暖的光芒会源源不断地涌入，照亮每一个阴暗的角落。

留学点滴

举杯邀明月，行乐且良辰

晨起，看看手边电量满格的手机，按下开机键，屏幕缓缓亮起，9月21日早晨7:30——我在加拿大度过的第一个中秋节。

洗漱完毕，阳光穿过窗前的树梢一直照到被褥上，影影绰绰的，很是好看。坐在桌前，看着桌上堆着的提词卡，左上角乱涂乱画的歌词，心中充满了幸福。

这次中秋晚会与以往的不同，将在高贵林的Port Moody(穆迪港)学校举行，地点位于Drama Room。详细的晚会细则是在举行的前一周告知我们的，所以准备时间相对较为紧张，但是在总导演以及同学的互相配合下，中秋晚会的准备工作有条不紊地开展着。

这次中秋晚会一共有十二个节目，基本上是新生来表演，我因为对主持特别感兴趣，于是报名担任主持人。

思绪回到现在，手边鲜橙色的提词卡上密密麻麻地写满了英文，略微有些没底气地看看床上鲜红色的礼服裙以及脚边狰狞的裸色高跟鞋，我心里不禁有些发怵。毕竟是第一次：第一次穿高跟鞋，第一次用英文主持，第一次穿正式的小礼服。但人生总是要经历大大小小无数的第一次，才会得到更多的收获；人生总是要对各种各样的挑战迎难而上，才可能突破自己的局限，才可能拓宽自己人生的边界。这样想着，便沉下心来，既来之，则安之，认真准备。

下午出门上完一节英语课，我便马不停蹄地赶回家收拾好自己要用的所有物品，急匆匆地赶去学校。一路上，一边盘算各项物件，一边不停地祈祷着今天晚上不要出什么差错，这么想着，不一会儿便来到了学校。

学校门口已经稀稀拉拉地站着几个学生了，我们在总导演的带领下来到了 Drama Room。虽然来到 Port Moody 已经有两三个星期了，但是第一次走进去的我还是感到了震惊。虽然没有我想象中的大，但是木质的小钢琴、灰蒙蒙的幕布以及占满整一面墙的落地镜都让我觉得这个不大不小的房间里充斥着古朴的气息，每一个缝隙都在讲述着一个个故事，整个空间散发出浓重的艺术气息。

放下所有的东西，坐在凳子上，忙活了整一天的总导演——亲爱的子艺姐姐，连忙从包里拿出各种各样的化妆品，不慌不忙地开始给我化妆，抹上了一层又一层我喊不出名字的化妆品，之后用大小不同的刷子在我眼皮上刷了一层又一层，大概半小时之后，照着镜子，我看到了一个完全不同的自己：有神的眼睛、白皙的皮肤、高挺的鼻子。一边感谢着美丽的子艺姐姐在百忙之中帮我化妆，一边感叹着"亚洲邪术"化妆术的神奇。感叹之余,我紧张地拿着手卡一遍又一遍地看着,直到将主持词记得滚瓜烂熟。

换完衣服后,人员基本上到齐了,素里、白石的同学们也来了,男生们摆好椅子,家长们以及一些同学在楼下大厅里放置了许多美味的食物,一切都已就绪。

我和另外一名女主持人穿上"恨天高",排练了一遍又一遍。在我们排练的同时,大厅里早已人声鼎沸,所有的同学都聚集在大厅里,吃着具有中国特色的食物,春卷、鸡腿、蛋炒饭等。家乡的感觉,从味觉开始,直沁人的心房。

当所有人吃完饭来到楼上的 Drama Room 时,中秋晚会也即将开始。

帷幕拉开,我们四个人拿着话筒和手卡,走上了舞台。我们决定把准备了许久的东西呈现给大家看,我们想做到不负众望。

晚会正式开始,我们顺畅地说完祝贺词,第一个表演是由其中一位主持人带来的,是近段时间特别火的一首嘻哈歌曲《目不转睛》,帅踏狂炸的表演以及观众们的配合,造就了一个完美的开场,开了个好头。

这次中秋节晚会,我们都笑称它为"加拿大好声音",因为80%的节目都是新生带来的歌唱节目,《男孩》《推开世界的门》《500miles》……欧美歌曲、中文歌曲,样样俱全,各色嗓音的碰撞和对比,粗犷的,柔和的,狂野的,浪漫的,男生的

举杯邀明月·行乐且良辰

和女生的,在中秋之夜上空,萦绕着月亮,冲上了九重天。

除了歌唱类节目,还有老生们带来的乐器合奏《千里之外》。温柔的吉他扫弦,如泣如诉的古筝弹奏,甚至还有奔放热烈的架子鼓,中西方的乐声混合在一起,呈现出一番不同的美感。不仅仅是乐器,舞台的中央还有一个可爱的学姐,身着汉服,舞动着娇小的身躯,为观众们带来了一段视觉以及听觉的盛宴。"我歌月徘徊,我舞影零乱",为中秋助兴,也欢乐了独在异乡的莘莘学子。

最后一个节目结束后,舞台灯光又暗下来,等到再次亮起来的时候,依旧是我们四个主持人站在了台上。我深吸一口气,开始了结尾的主持词。

时至今日,具体的语句我已经忘记了,唯一记得的,是远离故国的朋友们晶亮的眸子、好友们温暖的祝福,还有视频里父母噙着热泪的殷殷祝福。

第一个孤身度过的中秋节,因为有组织、有朋友而变得丰富、热闹,孤独亦被抛到了九霄云外。

看着窗外青蓝的天空渐渐暗淡,万家灯火渐渐亮起,虽然没有一盏为我而亮,但我心里的那一盏万里之外的灯火,将永不熄灭。

依稀听到母亲在耳边轻声说:

孩子,你吃月饼了吗?

温村欢歌，明月万里寄相思

月儿圆圆十五夜，又是一年中秋节。佳节日里盼团圆，月饼馅里思苦甜。

——题记

中秋之遐思

中秋，会让人想起西西弗斯的月亮，加缪描绘的那一个。

当那块刚刚被他推到山顶的巨石，瞬间又向山下滚落的时候，西西弗斯坚定地走下山底，一次次推石向上而不放弃。一个人挺立在月光下，与诸神对峙的勇气，使月神阿耳忒弥斯都为之心动不已，她的眼神变得柔和且充满了爱意。

澄宇玉空，我分明看见，西西弗斯正推举着一轮明月，一点点地升起。这种巨大的精神力量，仿佛使得月亮也变得更加澄明了。

凉爽的秋风终于吹走了夏日的炎热，温哥华浪漫而又绵长的秋季缓缓拉开了序幕。初秋的风是温柔的，伴随着偶尔淅淅沥沥的小雨,还有那天边丝丝缕缕泛着青色的鱼肚白,都足以构成一幅柔和又温暖的水彩画。

打小我就觉得,秋季应当之无愧成为四季之首,不仅仅是因为倏地从炎热转为凉爽的畅快,更是因为在秋这个季节之始,便能吃到不同馅儿的美味月饼。鲜肉、咸蛋黄、豆沙。莲蓉,还有我最爱吃的元祖雪月饼……哈哈,品种之多,数都数不过来。我最喜欢咸蛋黄加上豆沙馅的月饼,甜甜的豆沙和略咸的蛋黄混合成了一种独特且美好的味觉,想来便让人垂涎三尺。

对一个吃货来说,美食是必不可少的慰藉,可以告慰孤独的心灵,可以填补举目无亲的惶恐,还可以给人以无穷无尽的奋斗的勇气。在出国之前,我就很担心在异国他乡,中秋节会吃不到咸蛋黄馅的月饼了。母亲显然明白我的心,暑假结束返加时,母亲特地在我和哥哥的箱子里放了几个流心奶黄月饼。

歌舞盛宴之慰藉

幸运的是,阳光教育机构每年都会举行一次盛大的中秋节晚会,而在这个晚会中,同学们可以尝到各式各样的中式美食,还能欣赏到精彩纷呈的演出。

按照惯例,在演出前三周,都会通知大家报节目,接着是排练、筛选、彩排等一系列步骤,然后晚会正式开始。但今年的情况略微有所不同，因为今年的中秋来得格外早，在9月12日，于是留给我们的准备时间只有短短10天。按照规矩，每一个新生都必须为大家表演一个节目，无论是乐器演奏、唱歌，还是小品、朗诵等等，期待大家一展绝活。最后，我们群策群力，终于集齐了13个风格不一的精彩节目。

由于时间过于紧张，我对参加表演，萌生了怯意，担心在如此短促的时间中，很难从无到有开始准备一个节目，何况到了新学校有个适应过程，英语11的课程难度不小，我得花更多时间在学习上。在和母亲的视频中，我表达了自己的顾虑，母亲说："孩子，到国外读书一年来，你主持了阳光教育的圣诞晚会，在去年春节晚会上演奏了古筝曲《彝族舞曲》，今年何不上台跳个舞？"看我还是有点不自信，母亲又调侃道："哈哈，你不是自诩万人迷吗？这事儿就能难倒你？"想想也是，从小到大，无论是演说辩论主持，还是竞赛演奏话剧表演，乃至运动会，我似乎总是勇往直前的，在中秋这样一个重要的节日，我是应该和同学们同乐一番，而且热闹的欢愉也可以减轻思念家乡的苦恼。这么想着，我便立即报了名——舞蹈《Kill this love&solo》。

为了更好地呈现舞技，我把自己在朵咪老师那儿学的爵士舞回想了好几遍，决定来一个舞蹈串烧，也就是把两首歌的高潮部分合在一起表演，这样会增强可看性，但同时难度系数也会噌噌噌上升。所幸,我每次回国跟朵咪老师学舞蹈,她都会倾囊相授,动作细节都深深地印在了我的脑海里,所以经过几天的练习,我觉得已经粗具规模了,于是信心倍增。

同时,我也参与了中秋晚会筹备组的工作。因为原先在高贵林读书,所以对整体情况比较熟悉。于是我主要负责的是高贵林节目的准备与安排,观察刚来的新同学,发现他们早在假期没结束之前便开始排练精心编辑的小品,反复琢磨朗诵诗作,每天下课都能在办公室里看到他们背台词、练舞蹈、唱歌的身影,让我很佩服。但同样也有很多同学因为害羞,不敢上台表演节目,在筹划组成员的大力劝说加"威逼利诱"下,才勉强报名。

月朗风清不夜天

十天的时光飞逝,一眨眼,演出这天便到了。

放学之后,我先回家化妆换衣服,然后和室友一起前往 Semi 中学的 Drama Room,那里是今晚的表演地点。一进门,就看到许多同学在帮忙装扮背后的白板,还有许多同学在吹气球,迎面走来的是笑容可掬的江帆老师。江老师安排完晚会的具体事项后,让我找主持人沟通一下上下场的细节和节目之间的衔接部分,我带着任务找到了主持人,交代具体事宜。

之后，我去Cafeteria找主持人交代一些具体事项。推门进去，在我眼前的长桌上，赫然安放着两排整整齐齐的食物：青椒炒肉、茶叶蛋、鱼片炒木耳……琳琅满目，我吞咽着口水，都不知道该先拿什么好。除了中式炒菜，还有各种零食、水果，甚至还有切成小块的月饼，不得不惊叹于老师和妈妈们的用心，为了让同学们尝到各种口味的月饼又不至于浪费，甚至将大月饼细心地切成了小块。瞬时，我想到了远在万里之外同样无微不至的母亲，往常在家，她每一年都会悉心安排，家里热热闹闹、济济一堂地过欢乐的中秋。

拿完食物，找个角落里的位置坐下，我突然一阵惶恐，坐立不安起来。好友察觉到，问我怎么了，我摇摇头，说自己也不知道为何突然会不安起来。其实我心里明白，我这是怯场了。从学习爵士到现在已三年有余，但因为出国，只有假期回国才能练习，而且这次还是第一次在除了别人面前表演，再加上练习时长也很短，有点缺乏把握。越想越紧张的我，摇摇头，站起来，决定先将这件事放下，不去管它便好，先和同学们说说话，转移一下注意力。

晚餐结束之后，大家清理干净场地，来到Drama Room纷纷就座，静静地等待晚会开始。不一会儿，主持人便开始报幕了，激昂且铿锵有力的声线感染了坐在观众席上的所有学生，我在后台探头向前望去，看到学生们眼中炯炯闪烁的光芒,不禁暗暗为主持人们点赞。

本次共有十三个节目,令我印象最深刻的可以说是由白石的八名新生带来的小品——《招聘》。幽默的语句加上小演员们丰富的神态姿势,让在场的所有人都捧腹大笑。更出乎意料的是,在小品的最后,无缝衔接了一段可爱又纯真的舞蹈,由五名女生和一名男生真情奉献,看得台下的观众们意犹未尽。

在后台,有两名初次见面的姐姐听说我表演韩舞串烧,便自告奋勇说要加入其中,我大受鼓舞,更是求之不得。我们便在后台配合起动作来,仅仅配合了几遍,便很默契地决定一起上台跳这支舞蹈。

上台之前无疑是最难熬的,尤其是在主持人报幕的时候,我紧张得心脏"怦怦"直跳。但当我走到舞台中央,看到台下的同学们正为我鼓掌、呐喊时,我突然平静了下来,内心的紧张也一扫而空。我朝身后的两位姐姐一笑,音乐便开始了,我尽量让自己的表情呈现得更加自然,嘴里哼唱着歌曲,双臂有力挥动,动作更加流畅,头发甩动,腰肢随着音乐尽情地舞动,仿佛身上的每一个细胞都在随着鼓点和节奏激情地迸发。那一刻,我全然忘了自己,仿佛化作了一个流动的音符。时间在流逝,舞蹈也接近尾声,当我做完最后一个动作之后,音乐也完美结束,我深鞠一躬,在一片掌声中,微笑着走下了台。

晚会接近尾声，主持人在台上动情地诵读着结束词，我看着台下的老师、家长还有同学们，暖意从胸口涌出，感恩岁月，感恩如家人般用浓浓亲情慰藉着我们这些旅人的人们。

9月，不仅有金黄来袭枫叶季的无敌美景，还有给海外学子们一个相聚理由的中秋。我总相信相遇即是有缘，我们这些在海外萍水相逢的人儿，原本是世界上无法相遇的平行线，却在这里相识相聚相知，在这里抱团取暖，相扶相携，成为温暖的大团体，正如温暖可亲的徐琼老师给她的机构取名一样——阳光，阳光普照，温暖你我。于是，在阳光沐浴下的我们，也成了一道道灿烂的阳光。

人间九月有幸事，遇到你们，便是最大的幸运。

暖暖的小确幸

身在异乡,那些小小的温暖,总是容易被无限放大,给我带来不可多得的暖意。有些小事,也许在很多人眼中,只是平平常常的日常罢了,可在我眼里,这些大大小小的幸福,编织成了一个温暖的巢穴,能让我在气温渐渐趋冷的枫叶国,让我这个远离故土的学子,找到一方属于我自己的天地,构建起一个属于我自己的遮风避雨的小窝。

清晨,睁开惺忪的双眼,身边是冰冷凝固的空气。我翻个身,正想继续那个朦胧的梦境,没想到刺耳的闹铃声不凑巧地响起。我打了一个大大的哈欠,哀怨地摁住闹铃,慢吞吞地起床、刷牙、洗脸、换衣服。看着窗外渐渐明朗的天际,淡淡的青色蜿蜒在柔和的奶白色上。温哥华秋季的天空,果然是一如既往的美好。

不自觉地,一股香味儿钻进我的鼻腔。几乎在这里的每一天早晨,都是早饭的香气将我从睡梦中唤醒,拖沓地走出门,我就看见 Ada 扎着头发,精神抖擞地为我们做着早饭。粥、面、饺子、馄饨,清冷的早晨,来这么一碗热腾腾的早饭,心情都会变好不少。

吃完早饭，住家爸爸Patrick先生会叫我们下楼，坐上车之后驶去学校。一路上，两边的风景飞驰而过，模糊成了一幅幅莫奈的油画，色彩晕染开来，飞驰的画面带着些许清新。暖气从车的排风扇一点一点吹出来，从脚底一直暖到脖颈。耳边是室友Jacqueline和住家的俩孩子Dylan、Kytlan日常的交流。虽然彼此话语不多，开开玩笑，聊聊八卦，但是简单得让人舒心。

随着指尖的温度一点一点地升高，我套上厚外套，背起收拾好的书包，拿上钥匙，走出了门。

每个周六，我都会去图书馆。

清晨的街道上，雾气氤氲，可以模糊地看到远处的红绿灯不慌不忙地变换着颜色，我一边朝手心哈着气，一边听着歌单里珍藏的中文歌曲。

不到5分钟，在刺骨的寒风的洗礼下，耳根、脖子、手指，任何裸露在空气中的部分都被风吹得通红冰冷，我打了一个哆嗦，赶紧找到一家咖啡店，钻了进去。

我看着菜单上艰涩的英文，正发愁怎么说出那个正确的名字和发音，前台出现了一个熟悉的亚洲面孔。

"May I help you?"那个服务生操着一口纯正的英文，笑盈盈地问我。

"I……"我面露难色。

她仿佛察觉到了什么，再一次开口："没事，我会讲中文的,你想点什么呢?"

熟悉的语言在我脑海中回荡,我看着这个服务生,素颜,黑发,扎着高高的马尾辫,辫子一直垂到后腰,浅浅的双眼皮,扁扁的鼻子,白白的嘴唇,上翘的嘴角,充盈着笑意的眉眼。在她的解释下,我如愿以偿地买到了我想喝的那一款咖啡,坐在玻璃窗前的高脚凳上,阳光一如既往地洒向大地,我搅动着咖啡勺,看着大街上来来往往的人越来越多,身上的暖意也越来越充足,心满意足地喝完咖啡,走出店门。

让我感动的,不是遇到一个同样会说母语的华人,而是她救我于窘迫之中,用微笑化解我的尴尬,一个懂得察言观色体贴温柔的陌生人,在人海茫茫芸芸众生之中,是多么的可贵且可爱。

在图书馆坐了一天,伸展一下僵硬的四肢,收拾一下桌面,看看手机显示的时间——5:20——原来自己一个人待久了,看看这样的数字,都是如此令人心动。

去常去的餐馆吃了晚饭,已经是6:00了。

和以往一样,我来到"大头仔"餐厅,点一碗卤肉饭,一杯半糖去冰加芋头和红豆的奶茶。芋头很甜,卤肉饭很香。猪肉碎末、咸菜加一颗卤蛋,简简单单的中餐,有家乡的味道。

静静地看着窗外的太阳逐渐西沉,远处是粉色的天空,饱和的浅粉色,清澈的湛蓝色,还有一缕白云,飘在其中。不像国内热烈的火烧云,这里的天空,总是能给人带来一种不可多得的宁静祥和。吃完饭,给了7%的小费,走上公交车,戴上耳机,看着满格的电量,心里甚是舒畅。

坐在我对面的,是一对华人夫妇,目测四五十岁,丈夫手里拿着一个很大的游戏机,夫人手里拎着一大袋蔬菜,搁在膝盖上。

丈夫玩得不亦乐乎,夫人只是在笑,很宠溺的那种笑。我起初是觉得有些不爽。中年,是一个很难熬的人生阶段,上有老下有小的,压力特别大。在这样一个阶段,你不好好工作,反而让自己的夫人拎着菜自己玩游戏,也太没有责任感了。

但是渐渐观察,我发现玩游戏的时候,夫人的手总是紧紧地挽着丈夫的手臂,丈夫也时不时示意夫人跟他一起玩。我开始动摇了,我后悔对他们有这样的初印象。

也许,丈夫并不是那种不负责任的丈夫,而是因为极度相爱,夫人的宠溺,让他放松自然,变得越来越像个小孩。但同样地,深沉的爱也会让他在某些时候变得更加成熟而有担当。

果不其然,他们下车的时候,丈夫很自然地顺势接过夫人手上的蔬菜和书包,夫人轻巧地挽住丈夫的手臂,下车还不忘用蹩脚的英语说一句"Thank you"。

公交车渐行渐远，那对夫妻的背影也在我视野中隐去。果然啊，爱你的人能让你变成一个小孩，让你肆无忌惮地撒欢，同样也能让你变成一个成熟的大人，因为你也想为那个深爱的她遮风挡雨。

我是一个大条的女生，不是很善于细腻地发现生命中各种美好事物的人，我总是想坚定地站在"上帝视角"，看时间流逝，听清风歌唱，轻易不为所动。

但我坚信，不管是灿烂的夕阳，偶然间遇到的美味小吃，还是人们眼中流淌的爱意——生活中那些或大或小的温暖瞬间，都值得我们去发现，去寻找，去体悟。

那么，就让这些美好的小确幸，注入我们的灵魂，温暖我们的心灵，如同小树向上生长，如同清风拂面，如同小溪潺潺往前流淌，陪伴我们生命成长的每一个瞬间。

沿途的风景

我喜欢，流汗的感觉。汗流浃背，汗湿衣襟，大汗淋漓，把堵塞毛孔的阴郁统统冲跑。

我更喜欢，跑步途中遇见的风景。

学校每周三的体育课是 fitness day。大清早，天还不怎么亮，雾气还没散去，我们就要下山跑步。至于跑步的地点，每次都不一样，老师会根据天气情况制订路线。周三是很多中国留学生的黑暗日，女生们往往唉声叹气，路途远，时间长，这种高强度的运动对文弱的同学来说，确实是体能和心理上的挑战。而我，确实满心欢喜，因为，每次出去跑步，就像是一次可爱的历险。

我记得第一次外出跑步，是去学校旁边的森林。

我喜欢在跑步的时候听歌，汗水浸透 T 恤，北纬 50 度的风掠过耳畔，扬起发梢，整个人像在林端挪移。深秋的凉意与耳畔的乐声应和着，连远处的电线杆都幻化成了五线谱，心情变成了一支抒情小调，在曲谱上旁若无人地跳舞。

那天天气很凉，我穿着短袖校服 T 恤和运动裤，冰冷的空气将我的指尖和耳根冻得通红,脸颊也麻木成了冰块儿,软底的运动鞋踩在凹凸不平的山路上,硌得我膝盖酸疼。但这一切,都抵挡不住森林的魅力,它召唤着我向幽深处不断进发。

脚底时不时会出现土块,但更多的是腐烂的树叶,它们和土壤粘连在一起,有一种松节香弥漫于其间,像是有一段时间,晚上我睡不踏实,母亲点上的香熏灯里飘出的精油的味道。两旁都是树,一些我叫不出名字的树。大多是参天大树,偶尔会有几枝斜斜地伸出,顶端颓颓地挂着一片蔫了的树叶。一些树的树干上会长出拳头大小的树瘤,还有不明不白的深痕。虽不知道具体的科学原理,却总是执着地觉得,万物总有因果,背后总有隐秘的传说,总有无法言说的故事。

抬头向上望,隐约间可以看到天空。但大部分天空,都被密密匝匝的树冠所遮掩了,渺小的我们在大森林撒下的天罗地网间,奔跑跃动,却终究逃脱不了这阔大的空间。跑过一段树木极其繁盛的林间小路,转了个弯,就看见金灿灿的阳光直射到一块土地上,阳光明亮到可以看见空气中微小的尘土。远处,仍然是雾气弥漫的山峦。这片偶然的明亮让我想起了《暮光之城》中,男主向女主表明吸血鬼身份的一段。阴天,男主带女主来到山顶上,微微解开的衣襟下,是无比白皙的皮肤。阳光覆盖在他的皮肤上,瞬间闪闪发光，像是在皮肤上铺了薄薄的一层碎钻。

跑了大概20分钟，我终于跑出了这片森林，微微昂起头，就可以看到远处的山是烟灰色的，朦朦胧胧，像是无数个梦的颜色，有深有浅，若近若远。脚畔，是街边燃尽的烟灰，随着它一点点地变短，金黄燃尽，剩下的，是掩盖不住荒凉的灰白色，丝丝缕缕的白烟仍在做着最后的挣扎，却无奈敌不过被人在脚底碾灭的命运。

渐渐地，呼吸变得急促起来，愈来愈靠近远处的那座大山，山形逐渐清晰，影影绰绰的轮廓之间，拨云见日的金黄阳光渐渐透过来，雾气是时候散去了，接下来，是太阳的主场。

之后的几次，我们都是绕着校外的居民区跑步。挂在门框上的牵牛花，摆在花园深处的大芭蕉盆栽，石头垒出来的小花圃以及郁郁葱葱的草坪，每户人家都有每户人家独特的风景。偶尔还会看到遛狗的中年人，牵着夫人的手走在大街上，穿着朴素却十分干净，明朗的阳光照在他们身上，像是被镶上了和谐的金边。狗狗开心地甩动着尾巴，深棕色的眼眸温柔地望向我，不带一点戒备的注视，沉静地凝视，在被信任被包容的眼神的注视下，让我这个异乡人竟然想起了多年前，我家那条因病逝去的金毛狗——顿顿，她在老家那棵大树下，睡得可安稳？天国里是否有像我这样的小主人爱护照顾她？

有时,顽皮的孩子三三两两地坐在草坪上,玩着塑料玩具,爸爸声情并茂地讲着有趣的笑话,妈妈在旁边看着他们微笑,时不时拨弄一下门口的花草。

幸福,常常隐藏在某些不经意的瞬间。普通的人间烟火,在我眼里,常常光芒万丈。

看着他们的微笑,我甚至觉得跑步没有那么辛苦了。从初中开始,长跑就是我的死穴,除了我自己,别人永远无法想象短跑比赛屡获佳绩的我,在长跑方面是多么薄弱。为了准备英特八百米入学考试,我每天放学后就到对面的文理学院,放下书包,调好定时器,沿着跑道一圈一圈跑,跑到感觉窒息……来了加拿大之后,大家都跑得很认真。即使有些时候力不从心,但看着身边的同学埋着头在跑,我也会咬咬牙,微笑着,坚持跑下去。

其中一次,天气尤其好,我们绕着一个椭圆形的湖跑步。堆叠在一起的白云像棉花糖,倒映在水中。

蓝天白云,美得就像一幅画。

湖边有木制的长椅,一个白发苍苍的老头儿坐在长椅上,手捧一杯咖啡,眯着眼看着湖面上几只游荡着的鸭子。他不急不躁地喝着手里的咖啡。一口、两口……都是细小的抿一口。我跑了快四圈,他才将手里的咖啡喝完。

这里的人,生活向来都是如此的缓慢且美好。看看远处的风景,喝喝实惠的咖啡,虽然生活品质达不到一掷千金的奢华,却足够自由自在。他们也满足于当前自己的经济水平和生活品质,每一个人都按照自己想要的方式去活,活出了属于自己的精彩。

　　也许也有人口少的原因,做任何事情都不用着急,慢慢地,总会做好的。有一首歌叫《从前慢》,改编自木心先生写的同名现代诗。是啊,现代的快节奏生活,让所有事都被动或是主动地变得越来越快,在这个快节奏的时代,既要跟上时代的步伐,又要不随波逐流,是一件难上加难的事。有些人因为惰性停滞不前,导致无法在这个社会上生存;有些人因为虚荣一味地模仿追逐,过着碌碌无为的一生;要活出自己的精彩,要追求自己想要的未来,确实,得好好思考,经常思考,比如在跑步的途中进行思考。

　　其实,我们要做的,就是在这样的时代,保持住自己的速度,不要求去改变这个世界,但不能被这个世界所改变。我告诉自己,或许我没有能力改变沿途的风景,沿途的风景也不会因我而变,就像生命中没有什么恒久不变的景致,但是,我有能力改变自己观赏风景的视角。

　　一个小时之后,我终于跑回了体育馆。来到女生更衣室,更衣室里只有两三个人。

　　我双手支在膝盖上,汗水从耳根流下来,我耸起肩膀

用袖口蹭蹭,刘海一绺一绺地黏在额头上,我大口大口地呼吸着。

　　看着落地镜中的自己,通红的脸颊,凌乱的头发,干裂的嘴唇,随着呼吸起伏的胸膛,湿透的 T 恤,沾满了泥土的鞋子,眼神中有着些许的狼狈……

　　但更多的,却是尽情享受跑步时沿途的风景带来的思考的乐趣,眺望周围的风光,凝视自己的内心,洞见神秘莫测的未来,还有运动之后如释重负的快感。

知音世所稀

天气渐渐地变冷了，冷到我裹上自己最厚的棉袄走在大街上还是瑟瑟发抖。我身边也不乏中国北方的朋友，可当他们谈起加拿大的冬天，却也是谈虎色变，用上了一切表示程度的形容词，总结下来还是一个字——冷。

网络上有个流行词叫作"季节性情绪失调"，对我来讲，这个词大意就是，在寒冷的秋冬季节，总是容易头晕、疲倦、嗜睡甚至是社交退缩。恰恰也是在这种时候，展示会、社团活动、小组作业、期末作业等不一样的大大小小的任务层出不穷，瞬间让我感受到了不小的压力。而这种感觉就好像是，在国内时期末考之前的备考，每天身处那种摇摆的、飘忽不定的不确定性中，敏感的神经变得脆弱，难以自控的情绪喷涌而出，席卷过我原本就所剩无几的热量，徒留下没有任何表情的沮丧。

坏情绪总是和生活中那些不如意的小细节挂钩。比如，来到这个陌生的国家，不得不调整自己的生物钟，适应这里的昼夜交替；比如，去外面吃饭的时候，用半生不熟的英语点错了菜，却只能碍于面子狼吞虎咽地吃完；再比如，到了想倾诉的时候，翻着微信通讯录，迟疑地打开一个对话框，空白的对话框晃得我眼睛生疼，才想起国内还是深夜两点。我叹了一口气，打开音乐歌单，苍凉而遥远的声音恍然从远古而来，熟悉的声音一下子击中了心的冰点，眼泪忍不住"唰"地流了下来。

此刻，我才意识到，身在异国他乡，虽然不是没有熟悉的亲近的朋友，但是亲近到无话不说的很少。大多数的时候，也不好意思拿自己这些细枝末节的不舒服，来打搅别人忙碌的生活。而且，由于兴趣爱好不同，由于个性不同，即便同年级由于学科不同等因素使然，我们的日常很难同步，即便倾诉，别人也无法帮你搞定，大小事情得自己一力承受，并勇敢面对，逐步去解决。

我打了整整三页面的字，剖析怎样找到合适的朋友，怎样提升自己的朋友圈子的质量，怎样找到志同道合的好友。我将这些文段改了又改，"朋友"这个形象也在我脑海中越来越清晰。因为与此同时，我也在好好审视自己身边的那些朋友，这时我才开始相信，人与人之间的"距离感"，是会随着一个人年龄的增长越发分明的。初中时，我能毫无负担地拉着一帮好朋友，在晚自习下课后陪着自己跑三四趟体育馆。而现在在学校，课间只有五分钟，学习节奏特别快，纪律也特别严，我一分钟都不希望朋友等着我，担心会拖累他们,影响到他们。另外,这也许就是现代的年轻人,虽然生活看似风平浪静,同学之间和风丽日,却还是对人群充满了不信任,不再想要多么亲密的关系,担心自己的生活受到干扰,担心深入交往了之后受到伤害,所以把自己包裹在茧形的保护屏障里。点头,微笑,寒暄,似乎只要互不打扰安然无事即可。

但即使是这样,人类终归是群居动物,我们的内心还是会萌生出对知心好友的需求和渴望,不仅仅是为自己的一些小心思排忧解难,同时也多一个和自己分享快乐的人,希望说给知心人听,幸福似乎也会成倍漫溢。

诚然,要交到一个知心朋友很难,然而特别是对高中生来说,"朋友"的地位空前重要,正处于青春期的我们特别需要"朋友"这样一个身份的同龄人,为我们分担生活中的痛楚和快乐。

出国之后,我深刻地体会到了什么叫作交友须谨慎。

很真实的一点就是,身边的朋友圈是怎么样,你也会受这个磁场的强大影响,最后也会变成什么样的人。青春期的时候,有太多的不确定性,成长之路常常有岔路在眼前晃悠,从众心理驱使和诱惑着我们朝着大家都会选择的那条路走去。然而,蜂拥而至的流行未必就是最正确的选择。如果我选择的朋友圈是无所事事抑或耽于安乐的人群，那我也一定会没有定力去埋头苦读或者孜孜以求，惰性和享乐主义会铺天盖地而来，最后变成一个颓废的人，身边的留学生中，这样的案例比比皆是。

特别重要的一点是，留学生家长往往都在国内，无法每时每刻都关注孩子的学习生活状况，加上时差和文化差异，要引导和监控难上加难。当地监护人有时也没有办法面面俱到，若是老外监护人，在他们的理念中，孩子就是有自由选择的权利，就该自由成长，他们对中学生的要求和标准很宽容；若是华人监护人，会同时监护不少孩子，精力有限，不可能像家人一样无微不至。这个时候，同龄朋友的影响力可以说是巨大的，青春期的迷茫或许会变得更迷茫。所以对于每一个独自一人在外的留学生来说，交到一个益友是十分重要的。

一个学姐曾为我们新生讲述过她之前交友不慎的案例。她作为一个新生，刚到加拿大读书，满脑子都是好奇的细胞，也很想亲近朋友。然后她认识了一个长她两岁的学姐，很快她们就成了好友。但相处时间长了之后，她渐渐发现，那个学姐劣迹斑斑，她竟然吸毒，还很爱去酒吧喝酒。她发现这些情况之后，果断疏远了那个损友，最后切断了所有的联系。讲述往事的时候，从她脸上的表情，我都看得出她心有余悸。她说幸好当时断绝了关系，不然后果不堪设想。

如何确定一个人是不是你的"好朋友",有很多不一样的衡量标尺,而这些要求对于每一个人又是不一样的,但是不管怎么样,有几点我觉得是底线。

第一点,人品一定要好。在交友中,第一条原则就是诚实守信,与诚实的人打交道,会让双方都获得安全感。母亲曾就日本留学生江歌被杀案,和我做过详细的交流。她一再告诫我,亲君子,远小人,凡事只和人品好的打交道,一旦发现对方是个人品质或价值观方面有缺陷的人,第一时间远离,谨防恶人反噬。

第二点,真诚。真诚并不意味着要把所有的事情都告诉对方,而是基于双方有足够的信任,分享双方内心的小秘密,纾解郁结的心绪。当朋友有困难时,我应该挺身而出,尽可能地帮助他。忆及小时候母亲给我讲《孟子》,谈及"爱人者,人恒爱之;敬人者,人恒敬之"时,叮咛再三:心存善念多做善事,天必佑之。我谨遵母亲的教诲:君子以厚德载物,与人为善,凡事问心无愧做好自己,不求他日是否有回报。怀着阳光交友心态,坦坦荡荡地获得美好的友谊。

第三点,平等。朋友之间要平等相处,要互相尊重互相帮助,而不能对友人随意呼来喝去。关于这点《论语》里有很好的回答,有个学生请教孔子:"以德报怨,何如?"孔子直截了当回答"以直报怨,以德报德",意思是:别人以德来待你的时候,你才需要以德来回报别人。可是现在别人对你不公平,你就应该"以直抱怨"。"直"可理解为"理直气壮,耿直",直截了当地以公平正直的态度对待他人的伤害。哈哈,这个回答真是大快人心,狠狠地回击了那些断章取义的家伙。在国外,和朋友一起出去的时候,我们都应该坚持ＡＡ制,不贪小,不占他人便宜。善交益友,我们也要乐于做一个"诤友",朋友有过,不能视而不见,应尽劝导之道义,但要把握好度。子贡向老师请教交友的方法,孔子意味深长地说:"忠告而善道之,不可则止,毋自辱焉。"意思是:朋友有了过错,要尽自己的诚心告诉他,并且委婉地劝导;他如果不接受,应当适可而止,不要自取其辱。孔子的这番话,经过两千多年,放在今天,都算是交友的不二法门。寥寥数语,把诤言和希望系于一身,以期对方改过迁善。如果不被接受,应当适可而止,切忌强人所难,引起反感。

我很幸运,交到了一个挚友。

现在最要好的朋友,是跟我同课堂的一个中国留学生Lucy。她性格很外向阳光,大大咧咧的。我们经常相约去图书馆自习,也会在周末出去一起喝奶茶。很多留学生刚到这儿的时候,会很想和当地的老外同学做朋友。诚然,和当地学生做朋友是一件好事,能够很快地融入当地的生活,语言能力也能得到很好的提升。但是,来这儿两个月之后,我深刻地感受到了我们留学生和当地同学的不同。出生于不同的国家,接受着不同的文化熏陶,理念不一致,价值观不同,对于同一件事的看法大相径庭,喜欢做的事情也完全不一样,等等。而语言关是最大的拦路虎,想和当地的学生交心,是一件不简单的事情。当然了,和他们做普通朋友还是很简单的,大部分当地人对中国留学生十分友好,见面时打个招呼,双休日一起出来看部电影,都不失为一种拉近双方距离的好办法。

我们每一个人,都是不完美的矛盾综合体。

我们都有优点和缺点,所以对于朋友身上的那些小缺点,要给予宽容和谅解。看到朋友身上的那些你所不具有的闪光点,虚心学习和汲取,以期共同进步。

在国内的时候住校,我们寝室六个人几乎天天黏在一起,一起逛操场,一起吃麻辣烫,一起到图书馆自习,生活在一个屋檐下,每个人多多少少总会有那么一点点缺点,但在我们大家的包容和理解下,我们的关系随着时间的流逝越来越深厚,几乎无话不谈。

直到现在我出了国,16个小时的时差还是没有将我们之间的友谊击溃,每周我都会和他们分享我的生活,他们也会把学校里发生的那些趣事跟我分享。有时候夜深人静时,也会有些感伤,但更多的还是欣慰与庆幸,虽然我们远隔万里，但是你们还是陪伴着我一路成长。

一份美好的友谊，往往能给一个人的生活带来太多的幸福与正能量。

高山流水，伯牙子期知音相惜；

大气豁达，管鲍舍命之交；

为国谋事，廉颇相如刎颈之交。

"如果你驯养了我，我们就互相需要了。对我来说，你就是世界上唯一的了；我对你来说，也是世界上唯一的了……"这是狐狸对小王子说的话。《小王子》总是以淡淡的笔触，略带天真的口吻，道出人世间最本质的东西。所谓友情，也便是我和你之间，建立了纽带，建立了一种联系。而建立这种联系的是我们共同的经历，共同度过的时光，也许是一起走在上学放学的路上，一起爬山消磨午后的时光，一起读书中等待初升的太阳。

知音世所稀。我们能做的，便是努力提升自己，邂逅那个和你灵魂相吸的人，不追逐，不攀附，和那个最好的朋友一起，共同成长。

不凡的美食

"再简单的食物都有自己的灵魂,人生有很多味道无法复制。"

——《深夜食堂》

在温哥华的第三个月,下午4点就渐渐西沉的太阳,11月份就要裹上大棉袄的天气,还有渐渐临近的期末,似乎生活中的每一个角落都充斥着小小的不安与负能量。在这样的日子里,我更加钟情于美食,似乎品尝食物美味的感受能带给我许多能量,能带给我很多幸福。

从"胃"开始,温暖起来。

早餐带来的幸福感

周六清晨,我一般6点半起床,囫囵吞枣地吃一点小点心,然后步行穿过两个街区,路过一个幼儿园,邻居家的花园打理得很美,大片的草坪,各色的鲜花绿植,我一路慢慢欣赏,也想起母亲在花园里忙碌的身影,若是我在家,也常常搭把手。

在公交站台等上20分钟，听15分钟音乐便到了图书馆。上完课后，我会再到图书馆对面的餐厅吃早茶。

对于早茶，我偏爱西式，精致的白色骨瓷盘上是煎得酥脆的培根和鲜嫩的溏心蛋，两片烤白面包。阴郁的天空渐渐转晴，图书馆的大门敞开，男男女女，老老少少，或背着书包，或提着手提袋，或拿着一大沓资料，脚步匆匆地进入图书馆的大门，不一会儿，图书馆便人满为患了。

除了街的风景，这家早茶店内的装修也颇为有趣，两侧都是玻璃落地窗，店内的唯一一面墙上画满了具有中国特色的物件，像四大发明之一的指南针，还有地震仪。店内的其他装修是偏古朴的中式风格，店长是一名中年女性，头发短短的，别在耳朵后面，常年穿着一个灰色的小马褂，里面是半高领的黑色羊毛针织衫。听她普通话的发音，揣测她应该是一名中国香港人，不过好在粤语与普通话发音还有些相似，于是我便连蒙带猜地和她交流着。

除了工作日住家妈妈会给我们做早餐、周六外出吃早茶之外，周日早晨，我通常都会自己做早餐。

周日的早晨，我会幸福地赖一会儿床。躺在床上听听音乐、广播剧，也成了整一天幸福的开端。洗漱、叠被子、收拾书桌当一切都井井有条了之后，我会披上棉袄，来到厨房，一边打开橱柜的木门一边思考今天吃什么。

通常都是就地取材。

比如今天早晨,我打开冰箱,第一眼看到了两片薄薄的面饼。我便灵机一动,拿上面饼皮,找出两个鸡蛋,热锅放油,面饼皮双面煎熟,打上鸡蛋,不停地用铲子两面翻动。差不多煎熟了,我又去冰箱里找到了几片午餐肉和一些生菜叶,铺在面饼上,像模像样地叠起来。家常版的煎饼果子就做好了。我淋上几滴酱油,挖出一勺韩式辣酱,再倒一杯纯牛奶,就着辣酱享用起丰盛的早餐来。

除了煎饼,我还特别中意挂面。宽面、窄面、荞麦面、炸酱面,凡是面食,我都很喜欢吃。也因为它方便做,所以我自己烧的早饭80%是面食。

抓出一把面,撒进锅里,加水,加盐,开火。再用热水焯一个番茄,去皮切块,放在盘子里备用。面条煮熟之后,捞出来过冷水,放在碗里备用。再找出一片腊肠和青菜叶,放入锅中,滴几滴油,稍稍翻炒之后便可出锅。将面条、番茄、腊肠和青菜放在同一个碗里搅拌均匀,再挤入番茄酱、蚝油和酱油,拌均匀,一碗拌面就完成了。

清晨,作为一天的开端,能否吃一顿丰盛的早餐对我来说直接决定了一天的幸福指数。上半年还在国内的我,是很少下厨房的。一则总是怕被油溅到,有点怯意;二则受母亲影响,她总是认为时间总量有限的情况下,读书写字学习应该是我这个年龄最需要投入时间的事情,于是我和她都把大部分的闲暇时间花在了读书上，家里的阿姨代劳了厨房的一切。现如今，在不得不自力更生的生活环境中，我也能做出一顿特别丰盛的早餐了，这不得不说，亦是人生之幸事——为自己的生活增添幸福感，当然是一件特别美好的事。

人生总是这样，有失有得，有得有失，得失之间，保持心态平衡很重要。

点心带来的甜蜜感

我本身不是一个特别喜欢吃甜食的人，但是我特别偏爱一种食材，它就是芋头。

每次去吃火锅，我必点的就是芋头，香香软软的它和火锅底料完美地融合在一起，口感十分特别。

不过比起蒸芋头，我更喜欢将它放在甜品中。

大家一定都听说过一个家喻户晓的名字"鲜芋仙"。这虽然是一个中国的品牌，但在温哥华的市中心，有这样一家小小的店铺，经营着最纯正的芋圆和芋头。每个月末，我会约上几个好友，坐40分钟的空中轨道列车去这家店，就为了吃到他们家的招牌——黑糖芋圆冰沙。

醇香的黑糖冰沙，有嚼劲的芋圆，软糯的芋头，甜甜的黑糖珍珠和红豆，配上冰凉的沙冰，坐在通透的鲜芋仙店内，吃着这样一份丰盛的甜品，别提多幸福了。

除了冰沙上的芋圆和芋头,奶茶中的芋泥也让我欲罢不能。微苦的奶茶搭配捣成泥的芋头,用吸管深吸一口,体会着芋泥冲撞着喉头的感觉,咽下去之后还会剩下几丝香甜——满口都是满足。

蒸芋头、芋圆、芋泥,对我来说是甜蜜在生活中以不同形式与形态呈现。软糯香甜的芋头有一种丝滑的口感,但一点都不黏腻,反而恰到好处地温柔了味蕾和舌尖。

记得有一次去鲜芋仙,我和朋友坐在靠墙的位置,靠窗的是一对中年外国夫妇。他们点了一份红豆牛奶冰,互相依靠着,小声地说着话,眼波流转时呈现出来的幸福溢满了整个店铺。细碎的阳光洒在他们的身上,搅动着红尘中的盛世光阴,一股香甜的气息在鼻腔中萦绕着,这大概就是人间最甜蜜的烟火气息了吧。

这美好的刹那,仿佛使温哥华冬日街头的料峭都一扫而光,食物的温情脉脉便成了隽永。

主食带来的充实感

比起早餐,我的中餐和晚餐便不会那么丰盛,但向来嘴馋的我怎么会放过品尝美食的契机呢。于是在这三个月内吃过的餐馆,我都精准地在心里排了序。

我最爱的就是商场附近的一家中餐馆。这里的菜品很多,基本上是中餐,上菜速度很快,服务态度也特别好,最重要的是,这家店的肉质特别鲜美,不管是鸡排还是牛肉,都让我回味无穷。

这家店的招牌是卤肉饭。鲜美的肉汁伴着热腾腾的白米饭,还有一颗咸味恰到好处的卤蛋,哦,对了,再加上酸甜清脆的酱萝卜,一口下去,各种味道在口腔内混合、碰撞,甚至发出激越的呐喊,刺激着我的每一根神经。大大咽下一口,慢慢品味,味蕾已经完全臣服。刚从高强度作业的云端里下来,这一口让我活了过来,生活有了美味的滋润才会有真正的脚踏实地的充实感。

除了卤肉饭,这家店的盐酥鸡也特别好吃。略咸的味道加上酥脆的口感,特别适合在阴天的午后,一边刷美剧一边吃着盐酥鸡。香气萦绕在你的周围,再来一杯冰柠檬茶,又是幸福的一天啊。

热爱面食的我怎么肯放过日本拉面这个存在呢。第一次在加拿大吃日本拉面是在温哥华市中心的一家网红餐馆里。我和朋友11:30到达的,排了将近半个小时的队伍才在店内坐下。这家日本餐馆内部的装修与其他日本餐馆无异,座位很少,尤其像《深夜食堂》中所描写的那样:昏黄的灯光,木质的桌椅,每人一个大大的瓷碗。充斥在店内的是众人低声的交谈声和"刺溜刺溜"吸食面条的声音。

我和朋友点的都是这家店的招牌面条。我特地选了更硬一点的窄面条,两颗蛋,三片卤肉,四片海苔,还有撒在最上面的几撮青葱。

面条汤浓味道鲜美,一口汤,一口面,各国旅客进进出出,微笑的脸庞,从厨房里飘出的隐约的氤氲的味道,我摇晃不定的心似乎瞬间变得沉静起来,午后的阳光透过日式窗棂,落到海苔上,海苔仿佛是浮在大海上的竹筏,依着碗沿,仿佛找到了暂时栖息的依傍。

吃碗面,有时候就像再次为灵魂充了电,我才有气力和渴盼继续向远方前进。

人生无大事,吃就是大事。

《论语》中有"食不厌精,脍不厌细"。

东坡先生曾写过《菜羹赋》和《老饕赋》,江南名菜东坡肉、四川的东坡肘子更为后人所广知。

陆游的诗句"天上苏陀供,悬知未易同",就是自我吹嘘自己用葱油做成的面条像天上的苏陀一样。

梁实秋先生的《雅舍小品》中有多篇描写美食的文章,可以供家庭妇女当菜谱读,其文字简洁而余味无穷,写西施舌(一种贝类)、醋熘鱼、狮子头、薄饼的几篇读来令人想据案大嚼,大快朵颐。

汪曾祺毫无疑问是当代最会谈吃的作家,他不但文章写得清淡，做菜也有一手。《故乡的食物》一文中，就读西南联大的他，对于云南的吃食念念不忘，字里行间也流露出对故乡食物的怀恋。

而我，来到这个跟自己的故乡隔了一整个太平洋的异国，激活起对故乡回忆的，常常就是食物。作为一名南方人，热腾腾的汤食，一荤一素加上一碗白米饭，热气氤氲之间，外婆拿手的红烧猪蹄，外公专用的瓷筷，父亲收藏的红酒，还有母亲自己种的菜蔬，所有的画面瞬间在眼前闪现，模糊了眼眶，感动就是来得那么突然。就像林语堂所说的："人世间倘有任何事情值得吾人的慎重将事者，不是宗教，也不是学问，而是'吃'。"

我想吃：汀生活板爹的蛋炒饭，贝妈的蜜制鸡翅，英特的麻辣烫、酸汤肥牛、鸡蛋饼、炒年糕……圣诞回家，要一一尝遍。

我想吃：张爱玲的云片糕和凯司令下午茶，菲茨杰拉德的金酒和柠檬蛋糕，《追忆似水年华》中的玛德琳蛋糕，《哈利·波特》系列中反复出现的黄油啤酒，还有《到灯塔去》中朗塞姆夫人所做的红酒煨牛肉……圣诞回家，要用心学几道中国菜。

路边的小贩，

古板的老板，

一如既往加一颗蛋。

拥挤的地铁，

蜗居的阑珊，

咒骂几句房价的习惯。

生活啊，本不是热血动漫，你也没有主角光环。我们能做的，就是活好普普通通的每一天，吃好简简单单的每一餐。

人间有味便是清欢。

人生在勤，不索何获

合抱之木，生于毫末；九层之台，起于垒土；千里之行，始于足下。

——老子《道德经》

近日，英特十周年校庆，全球校友共襄盛举共同参与，我也全程观看了校庆的视频，往事历历在目。英特求学两年，民主博学的老师，聪敏勤奋的同学，宽厚睿智的友人，带给我的不仅仅是知识的累积，更多的是思想的大爆炸、眼界的拓展，动力陡增，更有信心去挑战未来。英特，真是国内体制学校中特立独行的一股"清流"，引领却不强制，规则意识强却从不刻板，有要求却能充分激发我们的自觉性，从来没有人逼迫我们学习，然而望去身边都是孜孜以求的学子，颠覆了我之前的学习观。

偶然登录了QQ空间，看到之前英特的学长发了英特社团文化节的照片。汉服社、航模社、魔方社、文学社……各种各样的社团可谓是琳琅满目，让人眼花缭乱。初中的时候，我就参加甚至管理过很多社团，在社团学习的期间，发生了许许多多有趣的事、难忘的事,磕磕碰碰,却也积累了很多经验。

记得当初参加苇岸文学社的时候,我还是一个刚进英特的初一学生,什么都不懂,只凭着一腔对文学的热爱和莽撞,笔试面试,过五关斩六将,好不容易考进了苇岸社团,特别激动也特别珍惜。那时候的社长和副社长都是高年级的学长学姐,完善的管理体系,很有效地保证了社团的正常运作。每一次社团活动都能让我学到许多。文学讨论会上,博览群书的大佬纵横捭阖妙语连珠才辩无双,令我咂舌;社团文化节,每个人都抓紧时间完成繁重的作业,毫无怨言地牺牲所有的课余时间,一心一意地完善每一个细节,力求完美的专注严谨的态度令人叹服。直到前辈们毕业了,我和另外两个校友组成了苇岸文学社的"管理层",很郑重其事地接过了苇岸文学社持续发展的接力棒。我开始学着去管理低年级的同学,平衡好丰富的社团活动和忙碌的学习考试之间的关系,积极参加各种各样的社团展示和表演活动。甚至在学期期末的时候,还正式出了一本杂志——《苇岸》,从征稿选稿定稿,到正式印刷和推销卖给校内外的学子,真是忙得团团转。管理社团不是一件容易的事,其间经历了许许多多争执、纠结与矛盾。可我们最后还是用自己的力量,为学校和我们的中学生活记录下一个个美好的瞬间,为苇岸这个英特最好的社团留下了一点东西,也为自己的青春做了一次激情的呐喊。让我印象比较深刻的是当时出刊的时候,因为大家都没有经验,手忙脚乱的,我当时都慌了神,因为要做的事太多,真担心出了纰漏功亏一篑。这时,我们的辅导老师特别为我们列了一系列详细的目标,我们一项一项地完成,很快一本属于我们自己的期刊面世了。虽然,最后剩下的刊物,是母亲以书院的名义全部买下了,来支持我们所做出的全部的努力。

和英特一样,我现在就读的Port Moody高中,有很多社团,也有许许多多丰富多彩的活动。

精彩纷呈的社团活动

9月底,我们学校的社团也进行了公开招聘,招纳新人。

和国内公立高中不一样的是,外国高中的社团大部分都不是学术类的社团,而是素质提升类的社团,比如乐团、留学生社、嘻哈音乐社团、野生动物保护社团、戏剧社等,这一类社团在中国人眼中是和学习无关的社团,或者说都是玩乐的社团。

社团招新那一天可谓是人山人海,每一个社团的社长和副社长都在拼尽全力展示社团的精彩,想多招一些同学。我和几个朋友约着报名了亚洲嘻哈音乐社(Asia

Hip-hop）和留学生社团（International Students Association，简称ISA）。因为这里的高中都是走班制的，没有固定教室，所以虽然社团也有固定的活动教室，但是教室并不是只为这一个社团服务，场地是公用的，所以社长在社团开会前一天会用E-mail告知我们开会的地点和时间。虽然场地在变换，然而从来没有人迟到。

我参加的两个社团，虽然都是由中国留学生自发组织创立的社团，但日常会议、活动全程都用英文交流，对英语听说能力提升很有帮助。Asia Hip-hop社每周一下午放学后会组织大家进行社团行动。通常分为三个部分，第一部分是大家会分享最近自己听的嘻哈音乐；第二部分则会有高年级的同学分享关于亚洲嘻哈方面的小知识，给大家科普一番；第三部分有时候是在规定时间内自己写词，然后在同学面前展示，有时候也会是大家来即兴嘻哈说唱。

参与这个社团到现在已经快三个月了，虽然是非学术性的社团，但是可以感受到社团负责人和社员们还是很用心地对待每一次社团活动的，我们还创建了一个微信聊天群，平时课余时间也会在群中分享一些关于嘻哈的干货以及推送一些很好听的歌曲。

比起Asia Hip-hop社团，ISA社团就显得学术性一些。与其说这是一个留学生讨论社团，不如说这是一个帮助留学生尽快适应加拿大本土生活的社团。每周社团会议都会有一个主题,社团内容会围绕这个主题进行。时长大概是一个小时。有时候会讲一些正式书信的书写格式,以及怎样提升自己的英语等级,除了这些较为学术性的话题,社长们还会教我们怎样正确处理和当地同学之间的关系、怎样克服生活上的困难等生活问题,实用性很强。

和国内社团相比,国外的社团活动很自由,也更灵活,学校很放心学生自主组织活动,给予全部的支持,同学们也更放松,更享受自我呈现的精彩。在这样的团体里,我经常被同学们参与的激情所感染;由于学科压力较之国内小,我们也有更多时间参与活动;在这样的社团里,我感受到了我不是一个人在奋战,和我在同一个处境的还有许许多多的人,不仅仅是我,大家都在努力,都在向前奔跑,那我还有什么理由不努力呢?

日积月累的课余补习班

我在加拿大学习的课余生活是丰富多彩的,课后的活动除了社团活动之外,还有每周二、三、四的课后班补习。这个补习的课程,是我们的监护人——阳光教育的徐老师帮我们安排的,以让学生更好地融入当地的全英语学习,尽快跟上学习进度。这个安排很贴心,我觉得很有必要。加拿大不列颠哥伦比亚省的中学一般下午3:05就放学了,作业不多,书面作业也不多,更多的是阅读作业和Project,

若是不认真对待,就像没有作业一样。若是课余太空闲,说实话,这样的留学生活是会很无聊,也会让一个学子丧失斗志的。徐老师和学校取得联系,在学校里帮我们安排了教室和老师,学校一放学,我们稍稍整理休息一下,就马上上课,上课时间是4:00—6:00。对于习惯了国内高强度学习的留学生来讲,这真是很适合的衔接教育。

我们一共才9名新生,分为2个班,课程的内容针对语法写作和词汇阅读展开。我们最先开始学习的是英语论文的写法,有描述性的文章、故事性的文章,还有说服性的文章。

每一种论文的写法都不一样,对我来讲最难的可能是说服性的文章,因为它对于格式的要求较高,要求逻辑严密、格式规整、思维清晰、论点完善,要获得一个较高的分数一件是十分困难的事。学习完论文的写法之后,老师会根据大家的弱点进行针对性的教学和训练,比如标点符号和时态的练习。

我们班由一名加拿大籍女老师任教,她很认真,总是提前为我们准备好教材,上课分发给我们,针对性很强。我们班上只有4名女生,上课的氛围很好,大家很勤奋,训练时互动很好,所以经常提前完成老师布置的任务,提早下课。

学习了近三个月,我觉得课后班真真正正地帮助我提升了英语写作的水平,虽然自学也未尝不可,但是由老师带领着系统地学习,肯定是更加节省时间、更有效率的方式。

快速提升的周末充电

除了周一到周五的学习,我觉得周末还是比较空闲的,每周周六早晨我还为自己"加餐",学习每个留学生都逃不过的雅思。

我的雅思学习并不像国内的大型培训机构针对"听说读写"进行,我学习的重点是阅读和写作。因为对于绝大部分留学生来说,申请高中是经过笔试和面试的,有一定的英语基础。到了加拿大后,课堂上、课余生活都是用英语交流的,听说能力每时每刻都在训练中,我觉得没有必要另外再找时间学,再加上我一般会每周看美剧和英剧练听力,我的听说能力还可以。对我而言,我觉得英文写作是我最薄弱的一项,与中文写作讲求铺垫和想象不同,英文更讲求逻辑和思维的缜密,我不能随意发挥,要遵循规则,这对习惯于天马行空写作的我来说,有些冲突,但必须尽快调整过来。

个性使然,我也不喜欢特别压抑和刻板的英语学习,即便背诵单词,也可以用很有趣的方式进行,我喜欢并享受"轻松学习"的模式。幸好,我的兴趣班老师——薛老师，是一个幽默风趣的老师，会在讲完一道题后突然讲一个笑话，把我逗得哈哈大笑。薛老师也是哥哥在加拿大读高中时的雅思补习老师，他帮助哥哥顺利通过了雅思考试，而且辅导哥哥在不列颠哥伦比亚省的英语省考中取得了优异的成绩，这也是他能顺利就读英属哥伦比亚大学工程专业的其中一个关键因素。

薛老师是华人，是母亲在加拿大的友人，9月母亲陪我来加拿大时，约薛老师在图书馆见面，我试了一下课，觉得薛老师的教学方式很适合我。除了幽默风趣，薛老师也是一个特别有责任感的老师。有些时候课后我会询问老师一些英语学习中遇到的问题，他也会特别详细地回答我。

有一次，作业是写一篇关于最喜欢的音乐的作文。我当时就蒙了，是音乐类型呢，还是最喜欢的歌手呢，或是最喜欢的歌曲呢？因为没法确定，我就一股脑儿都写在了纸上。果不其然，第二节课老师改的时候，简直惨不忍睹，改得面目全非。因为改动了许多处，所以薛老师就直接拿了几张白纸，"唰唰唰"地就开始给我描述和呈现写文章的框架结构，写了整整三面A4纸，真让我受益匪浅，我在后来的英文写作中也常常用到他教我的方法。

作为远赴他国的留学生，日常生活健康开心固然重要，但学习当然是重中之重。我们已经比绝大多数人幸运多了，有这样的机会出来求学和看世界。父母花这么多钱,我们远离故土和亲人在陌生的环境里求学,无论父母还是我们自己都做出了牺牲。所以,不管面临怎样的困难,我们都要尽可能合理地安排好自己的业余生活,在学习和休闲中找到一个平衡点,对于留学生们的健康成长极为重要。

我的小目标是:我要努力学习,用心体会,看到更多世界的美好。有一天,我能很自如地用中英文写作,用文字把看到的、想到的、领悟到的诉诸笔端,让更多的人读到,把我的幸运和欢喜传递给每一个人。

和雪一起流浪

来温哥华读书之前,就听闻过这儿雪景之壮美,而真正见识到温哥华的雪,还是在圣诞假期回来之后的2月。纷纷扬扬的雪花从天际边缘落下来,那一片雪花在空中舞动着,或翱翔,或盘旋,或像是开启了慢动作一般地缓缓降落。一层一层,铺落在地上,步履是那样的轻盈,那样的舒缓,那样的优雅,我仿佛看到了一种柔情中裹挟着吞没世界的狂野……

每一朵雪花都是远方捎来的家书

从古时候开始,雪似乎就成了诗人笔下一个美好的意象。受酷爱古典文学的母亲的影响,我从小养成了背诵和誊抄诗词的习惯,古诗中"雪"这个词一直是我的最爱。

"雪"的意象,有刘长卿笔下浪漫的"柴门闻犬吠,风雪夜归人",那个等了许久的人,带着满身的风雪,穿过犬吠声,突如其来地出现在你的面前,那份惊喜就连皑皑白雪都滋生了暖意;有岑参笔下优美的"忽如一夜春风来,千树万树梨花开",枝头朵朵"梨花"绽放于冰天雪地中,好不震撼;有白居易笔下悲凉的"君埋泉下泥销骨,我寄人间雪满头",白居易和元稹在人事变迁、官场沉浮中日益深厚的友谊和坚贞的灵魂在污浊世事的映衬下,显得尤为璀璨;更有李白笔下豪迈的"应是天仙狂醉,乱把白云揉碎",这白云便是洁白的雪,诗仙一如既往奔放的文风显示出想象力极其瑰丽!

加拿大有许许多多大树,下雪的时候,枝丫上总是挤满了雪白的花朵。沉甸甸地坠在枝头,有着似落非落的美感。而比起静态的雪,我更喜欢动态的雪。看着空中飘落的微尘似的雪花,一点一点地掩埋这个城市,像是慢动作一般的优雅。

许久没有看到过这么大的雪了,我心中默念。

记得初雪是一个周日,早上7:30,我被窗外折射进来的白晃晃的光强行从床上扯起来,抓了抓自己的头发,探身往窗口看。窗外是白茫茫的一片。树梢、屋檐、车顶、草坪,一切都变成了闪耀的白色,不掺一点杂质。我直勾勾地盯着窗外这一场对于一个南方人来说极其少见的磅礴大雪,像是出了神。我仿佛看到茫茫的雪地里站立着一个孤单的小女孩,估摸着五六岁大,戴着红色的毛线帽,手上戴着姥姥亲手织就的粉红色草莓半指手套。裸露在衣物外面的皮肤因为低温而浮现出淡淡的粉红色,仿佛还能从稚嫩的皮肤窥探到深处细细的血管。她独自一人立在漫天的白雪里,眼神中有着一如既往的勇气和对未来的向往。

想到这儿,我用力闭了闭眼睛,似乎是想将那些不成熟的奇怪想法从脑海里挤出去。

紧接着,我下床,打开电脑,微信列表中仍是一片空白。"唉。"静悄悄地叹了一口气,像是怕被人知道一般的小心翼翼。像往常一样,刷牙洗脸,收拾自己的衣着和笑容,将头发别到耳后,扎起一束低马尾,对着镜子里的自己做出一个微笑:"嘿,啦啦同学,新的一天又开始了,加油!"

又回到书桌面前,从书旁抽出一张草稿纸,草草地列了一张目标清单,戴上黑框眼镜,开始逐项完成周末的作业。室外的冷气从窗户缝里悄悄地钻进我的卧室,不一会儿手脚就变得冰凉。我弯下身打开脚边的加热器,伴随着轰轰声,空气的温度逐渐升高,温热的房间让我的心情也不禁好了几分。

不知不觉中,过了小半天。窗外,雪继续下着。在这雪海的肆意中,一种深邃感悄然从遥远的天际飘落到脑海中,一种斑驳的时光沉淀,一种苍老的岁月面容,一种执念已久的失落,都在这一片白茫茫的世界中化作了透心的瑟瑟……

忽地,电脑"叮咚"一声,是妈妈发来的消息:孩子,听说加拿大下雪了,应该挺冷的。注意添置衣服,别着凉了,身体第一。

看着屏幕上短短的一行字,再看看窗外漫天的大雪,一片片雪花就像是远方捎来的家书,每一封、每一个字都蕴含着亲人对异国游子那份深沉的爱。

带着星球去流浪

"爸爸,你真的会变成一颗星星吗?""会啊,只要你数三、二、一,抬头就能看到爸爸了!"

可谁知道,地球停转之后,一半永远白昼,一半永是极夜。白昼的那一半对着太阳,极夜的那一半才是地球前进的方向。所以刘启看不见父亲的星星,因为这么多年,北京都是白天。

在大雪停后的一天,我和三五好友去看了期待已久的《流浪地球》。这部电影可谓是从国内一直火到了国外,早几个星期,身边的朋友就纷纷晒出《流浪地球》的剧照。我本来就很喜欢刘慈欣的作品,眼前这部由他的作品拍摄成的好影片,怎么能错过?

因为买票我们稍微迟到了些,我猫着腰找到了位置坐下时,影片已经开始了。

这部电影描绘了太阳膨胀即将吞噬太阳系,这时地球启动了一个名为"流浪地球"的计划,利用高科技手段将地球推离太阳系。没想到在经过木星的时候，因为木星引力过于强大，所以将地球"吸"了过去。地球只剩下7天的生命。

最后发生了什么我就不在这里剧透了，我更想来聊聊自己的想法。对于这部片子，网上的评价褒贬不一，我无法从专业的角度剖析它的人物设定、情节推进或者画面设置。我唯一能传达的就是我自己的直接体会。

看完这部片子我泪崩了。个人认为这部片子的主题可以归纳为"回家"和"希望"。

有很多令人感动的点，最令我难以忘怀的是吴京饰演的刘培强最后驾驶着空间站冲向木星的那一段。他和自己的儿子刘启说出了这十几年来一直没说出口却十分重要的话。看着少年刘启跪在地上一边咆哮着，一边望着天边小小的空间站冲进火海，大颗大颗的眼泪从刘启眼中流出来，我相信他心中不只有失父之痛，还有不舍与留恋。在十多年没有父亲的日子中，他一直憧憬着与父亲相遇，正是因为这种憧憬让他也爱上了航天，让他即使嘴上说让父亲滚一边去，心里仍旧希望父亲有一日能与他一起回家。

回家。

这么一个简单的诉求竟然在《流浪地球》这部电影中成为奢求。"我原来以为家在身后，现在才知道，家在前面。"家，是我听过的最温馨的名词，是感到寒冷时的避风港，是能量不足时的补给站，是一个给予人温暖和力量的地方。不能回家的人，内心的酸楚和遗憾，可想而知。

对小时候的我来说，家是唯一的依靠。无论受了多大的委屈，只要回到家里，看到母亲温和的脸，沉浸在她棕色的眼眸里，絮絮叨叨抽抽噎噎地向她诉苦，她会轻轻搂过我，抚着我的背，温柔地说："孩子，妈妈知道你辛苦了！"所有灰色的情绪，都会在那一瞬间烟消云散。升入初中，来到外地求学，家对于我来说是远方的思念。刚刚到外地进入住校生活，难免略有不适，家对于我来说是远方那盏永远不灭的灯，是每周五颠簸堵车三小时才能抵达的港湾，晕黄的灯光下，有外公的二胡洞箫的演奏，有外婆最拿手的红烧猪蹄。直至出国，家成了我坚实的后盾。国外留学的生活的确不易，与我想象的不同，有时会迷茫，会怀疑，会不知如何是好，但我知道身后有一个家在支持我，我随时可以找到他们。虽然有十六个小时的时差，可是无论我什么时候给母亲发短信，她总是能第一时间回复我，回国后我才知道母亲夜里也把手机攥在手里，她的手机以前一年四季静音，现在却为了我三百六十五天开启了震动。我的家人是我最坚固的后盾，而我希望在未来我能成为他们的骄傲。

另外一个情感内核，是希望。

希望对于住在即将毁灭的地球上的人们来说，是虚无缥缈的存在，甚至有人不愿意相信它还真实存在着。但希望是像钻石一样珍贵的东西啊。正是因为有了它，刘启等人才能想出修改发动机程序，用苏拉威西三号转向发动机点燃木星大气，然后用爆炸产生的推力将地球推出太阳系的办法。

网上很流行一些"心灵鸡汤"，说什么，心中一定要存着希望，这样才能成功。不，我认为不是这样的。希望一直在那，无论何时、何地、对于何人，从某种角度说，希望是人们可以自己酝酿和创造的，有足够的视野和洞察力，有睿智的思虑，你会发现别人发现不了的隐藏在暗处的希望，它蛰伏着，它窥视着，它在等待。往往，不是没有希望，而是相信不相信希望。至于成功，那并不是最主要的。每一天醒来，都满怀着希望和憧憬，永远有勇气面对失败和黑暗，每一天都笑着生活，这可比成功重要多了！

"人类，这一诞生于太阳系的渺小族群，踏上了2500年的流浪之旅。"无论最终结果将人类历史导向何处，我们决定，选择希望！

雪，依然漫天飘着，飘着，没有丝毫停下的意思。

这是场雪的盛宴。雪漫天飘舞，飞在空中像无数的精灵，他们也在流浪，在风中孤独无依地飘零，偶尔几簇撞击在一起,便霎时抱成团,这才落在地上,成为一整块冰清玉洁的白玉。

其实,不只是雪,我们每一个人,都在流浪……

一个假日的两种色彩

出国之后最大的感触就是，课余时间都握在自己手里，生活变得十分丰富和充实。

原来在国内备考的双休日，只有两个字——学习。直到来了加拿大，我才发现，原来生命中有那么多有趣的事情值得我们追逐和热爱。

平凡生活中的疲惫梦想

"梦想正是因为不能够触手可及，才让人为之疯狂。"我不甘心千里迢迢出国只是接受一般的教育，我觉得无论结果如何，我都要去尝试突破，尝试超越自己的极限，尝试着接受更加难的挑战。

于是，在母亲和学业指导老师的大力支持下，第一个学期结束后的 9 天假期中，我参加了学校的 IB 选拔考试。IB 是一项国际认可且对于大学学习帮助很大的课程。

挑战这个项目的初衷，是为了挑战自己。仅仅学习校内的课程对我来说远远不够，过于轻松的学习状态会消磨我的意志。其实，我之所以提前出国学习，就是想完整地接受加拿大的IB课程的学习。

即使我知道这个梦想希望渺茫，可我还是为之尽力一搏。Port Moody Secondary School的IB课程特别难，"Brianna，你要去参加选拔考试吗？似乎没有先例哦，留学生几乎都不会被成功入选呢！"一个学姐得知我要参加IB考试，像看着怪物一样惊讶地提醒我，虽然心里掠过一丝丝凉意，但我还是微笑着回答："考不上也无妨，我去试试，看看题目到底难到什么程度。我积累一下考试的经验，若是PM考不上，我就转战别的城市别的学校。"

考试的那天，天灰蒙蒙的，住家爸爸一大早开车送我去学校参加考试。8:30开始的考试，才8:00校门口就站满了形形色色的考生，有中东人长相的学生，华裔、韩国、日本的留学生，还有本土加拿大人。

望着黑压压的人群"壁垒"，我深深地吸一口气，对自己说："你可以的，你可以很棒！考得好吃冰激凌，考不好就去跑步。"

我穿过校门口的黄色斑马线，学校的侧门口挤满了人。小部分学生的家长陪在孩子身边，嘴里不停地念叨着什么，我相信是家长对孩子的期望和嘱托吧，我的眼前也浮现了妈妈微笑的脸庞，坚定的眼神一直在鼓励我，虽然她不在我身边，但仿佛她就无处不在。

一路行走一路歌

我一边戴着耳机听歌，一边角角落落地寻找着熟悉的脸庞。就在我一脸迷茫地四处张望时，突然听见了熟悉的语言在喊着我的名字，一回头，看见了EAL同班的中国留学生。看到了她，我心里那块悬着的大石头终于落了地。于是我轻松地迈着步伐走过去，愉快地和她交流、打趣。

不一会儿，学校侧门缓缓打开，所有考生都十分有序地排队进入了大厅。我按照字母排序找到了报到的地点，给志愿者学姐看了护照之后，便进入了考场。这次考场设在体育馆，一排排整齐的桌椅并排摆放着，许许多多志愿者在帮助大家，他们都是IB班的学生，他们亲切地在人群中穿梭走动，并解答着考生的问题。

我找到自己的座位，坐定。不一会儿，一叠厚厚的数学试题发了下来。我一边听老师讲着基本的考场规则，一边填写个人基本信息。过了几分钟，考试正式开始，我翻动着手中不算薄的数学试卷，信心满满地开始解题。数学部分是我做得最有信心的试卷，并且提早20分钟完成了答题，笃定地走出了教室。数学题涉及的知识面很广很多，但是题目难度都不大，若不出意外，我觉得没有问题。

第二个部分是英语阅读。试卷厚度比数学卷还要厚一点，内容多样，有说明文、记叙文、散文，还有关于历史的学科性文章。题型基本上是单项选择题，一共有40道左右题目。我试着从艰涩的句子和无数生僻的英文单词中找出正确的选项,特别难,我紧张地答着题。考完后,我觉得自己的后背渗出了密密的汗珠,手心黏糊糊的,也都是汗。不过幸好,英语写作部分让我大舒了一口气。也不是说它有多么简单,只是恰好在前一天晚上我练习过同类型的文章。那是一道材料作文题,关于我们该不该培养当今社会一些创新型人才身上的品质这一话题,这是我擅长且喜欢的话题。我规规矩矩地按照论文的规整规格洋洋洒洒写了两大面,虽说不会有多出彩,但至少可以做到符合要求,切中要害。

　　最后一个部分是小组活动,是考查学生的领导能力和组织能力的。四个考生为一组,每个考生由一个志愿者和一个老师带领,来到一间教室完成一个小组任务,在完成任务过程中老师会给学生的表现打分。我们小组很不幸地只有两个中国留学生,而我们的小组任务是用现有的材料做三顶帽子。材料分别是报纸、彩纸、别针、皮筋,还有一些手工材料。因为之前打听过一点IB考试的打分标准,其中有很大一块就是领导能力,为了体现这个能力,在小组活动中一定要多说话、多表现。于是我开始了"BP机"模式,疯狂表达自己的观点,即使另一个学生接话很少,只是埋头干自己的事情,我也要大量地表现,给评委老师留下一个好印象。哈哈,我觉得这块表现还不错,应该是我的强项。很快,"话痨"模式结束。

最后考完试出来，我可谓是大松一口气，考场中压抑的感觉几乎令我窒息，高手如云，大家都特别认真地对待。不管最后的结果是什么，这次考试让我来加国第一次挑战了高强度的考试，接触了许多"大神"。即便没有考上，我也很珍惜这次不可多得的尝试。

凛凛寒冬中美食的慰藉

我自幼就跟着母亲走天涯，每到一处，母亲总是挖空心思地带我找当地的小吃，香港街头驼背奶奶的美味贡丸，鼓浪屿的牡蛎煎，那不勒斯的炸比萨，东京的抹茶冰激凌……母亲总是说，生活如此艰难，唯有美食能够治愈。她还说，若是武松不喝酒，怎么打得死老虎？若是大观园的人不倒腾些吃食，怎么挨得过这大把的空虚时光？

说得好像很有道理的样子，也是，姑娘，贪吃就要坦坦荡荡，别和体重斤斤计较，开心才是王道！在这9天的假期中，除了考试和课后兴趣班，美食也成了我假期的一大享受。

放假第一天，我就去Downtown Vancouver吃了鲜芋仙的芋圆。本来是冲着它的春季限定去的，没想到加拿大还没上市，只好点一份最爱的芋圆四号加冰激凌。黑糖碎冰配上软糯的芋圆，香甜的冰激凌配上熟透了的红豆沙，仿佛一天的坏心情都可以被这一碗简简单单的芋圆所治愈。

看着面前大份的芋圆，身边三两的好友，夕阳从街的那一头悄悄攀进窗棂。身边的暖气喷在我的脸上，不一会儿脸就暖烘烘地发痒。对面的潮牌店人来人往，各式各样的人拎着嘻哈风格的包装袋走来走去，而我只是这么静静地看着他们，旁观，聆听，置身之外，这或许也可以成为生活中的美好之一。

除了DT的芋圆，Rockey Point的冰激凌也让我念念不忘。

早就听闻Rockey Point的冰激凌特别好吃，那还是9月体育课出来跑步的时候，跑过这家店，身旁的学姐提起，这家店的冰激凌特别有名，可以说是整个Port Moody最好吃的冰激凌了。

一直拖到4个月后的现在才有机会品尝。

这家冰激凌店装潢得十分欧式，白色为主调，点缀着一些饱和度很低的颜色，十分赏心悦目。冰柜里摆着很多种口味的冰激凌。巧克力、草莓、香草、柠檬酸奶……应有尽有，我最后选中了燕麦黄糖和树莓这两种口味的冰激凌。

黄糖的甜蜜和树莓的酸甜混合在一起，还有掩埋的颗粒感，这简直就是世界上最美味的冰激凌。从小到大吃过很多冰激凌，唯有这个，让我觉得是我这辈子都不会忘记的。"一定要再来第二次！"我窃喜地对自己允诺。

学习促进人们大脑的细胞再生，美食愉悦人们的味蕾和身心。知识和食物，肯定是人这辈子最重要的两个物件，不带傲慢与成见，知识的坚硬和美食的温柔，两者当然是真正的绝配，混搭后会创造出新的境界，那便是幸福。

我们的春节

长路浩浩荡荡，万事皆可期待。

——题记

独在异乡怀故景

突然，好怀念在中国过春节的场景。

小时候，被母亲领着去乡下过新年。外婆会提前一周回到久未居住的老家，和阿姨一道洒扫庭除，布置房间，购买年货，探望亲人，忙个不停。

耳旁是噼里啪啦的鞭炮声，外婆张罗着年夜饭，用土灶烧着美味的菜肴。年幼的我坐在外婆家门口的木椅子上嗑着瓜子，和村子里的小朋友们说话，玩各种各样的小游戏。每到傍晚，外公就会带我去村子里的小卖部，买满满一大袋各式各样的鞭炮，老板娘还会满脸堆笑塞给我几块泡泡糖，虽然泡泡糖嚼起来有股橡胶的味道，但是真的很甜，甜得连我的笑容都更灿烂了。

当天色渐渐变暗，我会迫不及待地拿出鞭炮，让外公用打火机点燃，伴随着"噗噗"声，一团一团各色的鞭炮就会冲上浓墨一般的天际,在天边绽放成一朵又一朵的烟花,这样的人间烟火或许就是岁月最美的味道吧。

身在温哥华,自然是没法回到国内的乡下过年,虽然母亲提出到温哥华陪我和哥哥过年,但是想到家里的老人们要孤独地守岁,颇多不忍,所以和母亲说"还是学习重要",以这个最"冠冕堂皇"的理由婉拒了。

万事俱备候东风

然而,我在加拿大也度过了第一个有意义的春节。我的监护人徐老师以及所在的阳光教育机构的老师们,很早开始策划准备,给"阳光学子们"准备了一道年末盛宴——属于我们自己的春节联欢晚会,让每一个漂泊异乡的留学生都能够感受到浓浓的过年气息,感受到如家般的温暖。

今年的联欢晚会在白石举行,因为去年的中秋节担任了主持人这一职位,所以今年的春节我就退到了幕后,把更多的锻炼机会让给别的同学,摇身一变成为整场活动的主要策划人之一。因为场地部分由白石的同学负责,所以我们这边需要负责的就是节目审核部分。一开始报名表演节目的人并不多,于是这时候就要轮到我上场,巧舌如簧地怂恿同学们报节目。今年的节目偏向中国风一些,葫芦丝、笛子、书法……同学们真是多才多艺,高难度的节目大家信手拈来,只要简单准备一下便可。我一直想不好给同学们呈现什么才艺,后来也是在母亲的鼓励下,准备上台表演古筝曲《彝族舞曲》,虽然许久没有练习这首曲子了,但我还是觉得学了那么久的技艺,随便荒废了可惜,借此机会正好可以再熟悉和提升一下。

晚会举行的前两周,我开始着手准备古筝曲的练习。正巧,我的住家妈妈Ada家有一架古筝,方便我每天练习。出国后第一次训练古筝,戴上指甲,缠上胶布,深吸一口气,看着略微生疏的乐谱,心中不禁泛起几丝许久未练习的悔意。

每日练习两个小时,反复操练,不断更正,乐谱烂熟于心,高难度部分越来越熟练,音色越来越动听,表演的时间也越来越近了,幸好我准备好了。从来,我就不打没准备的仗,与其出丑不如不参加,尤其在那么重要的时刻,我也要为老师、同学和诸位家长增添新年的喜庆,给大家带去祥和的祝福。

钟鼓奉觞奏华章

不知不觉中,到了晚会正式演出的那一天。

天空中下着蒙蒙细雨,温度很低,似乎要下雪的样子。车内开着暖气,暖意融融,玻璃窗上蒙上了一层白白的薄雾,使人在车内感觉更加暖和。我与一旁的好友有说有笑的,时不时看一眼窗外被水汽朦胧的景色,山、树、建筑,都不住地向身后掠去，我们的车子一直风驰电掣地向前，向前。

"又是新的一年了啊，真是岁月倏忽，往事不可追，唯有期待未来。"我在心中默念道。

车程一个小时，就到了白石的Semi中学，从侧门走进去，一眼就看到了即将举行晚会的Drama Room。白石的老师和同学们，都在礼堂里忙忙碌碌地搬椅子，放音响，签名点到。周老师在咖啡馆里等着大家，关心地询问着每个同学近期的学习和生活情况，不时从人群中爆发出一阵欢笑声。聊着聊着，好多前来帮忙的妈妈，端上了丰盛的菜肴：比萨、炸鸡腿、烤蔬菜、粉丝、炒饭……应有尽有，家长们准备的年夜饭格外丰盛，自助餐摆放在长条桌上，除了饭菜，还有准备好的水果和饮料，同学们都吃得不亦乐乎。

吃完饭，我赶忙跑到后台开始练习古筝，不知是紧张还是天气实在太冷，我的手被冻得冰凉，身体也不自觉地抖动了起来，演奏出来的音乐也仿佛有点凝滞了，不像之前那样流畅美妙了。我的心中，微微有点儿忐忑。

耳边喜庆的乐声逐渐变轻了，随之而来的是主持人报幕的声音。我站在后台，看着台上四位主持人讲着练习了许多遍的台词，不禁想起去年中秋晚会时发生的一些"嘴瓢"的场景，没忍住，"扑哧"一声笑出了声。

第一个节目是由白石的女同学们带来的扇子舞。五个身着短裙的花季少女,舞动着灵巧的身躯,和着优美的音乐,再配上手中各色扇子,可谓是"轻罗小扇白兰花,纤腰玉带舞天纱。疑是仙女下凡来,回眸一笑胜星华"。之后的几个节目便都是唱歌节目,忧郁的小情歌,慢节奏的怀旧老歌,欢快的嘻哈歌曲,风格迥异,但水平高超,引起了所有观众的专注观赏。

终于,在第一轮游戏结束后,主持人点到了我的名字:"下一个节目,古筝表演《彝族舞曲》。"我深吸一口气,一边默念着"加油! 你很棒!"一边站起身,大步走上了舞台。在放置好古筝之后,我不慌不忙地试了一下音色,再次深吸一口气,开始进行表演。我尽量表现出一副非常淡定的样子,面带微笑,由慢节奏的前奏,弹到欢快的引子,然后是高潮部分的快板,最后是一个抒情的结尾。力求能达到"嘈嘈切切错杂弹,大珠小珠落玉盘"的表现效果。深知自己的弱点在于快板,快板速度很快,对指法的灵活度要求高,天气冷,我又很紧张,很担心自己会出岔子。弹奏快板这一段的时候,我的心脏都快提到嗓子眼了。

"银瓶乍破水浆迸,铁骑突出刀枪鸣。曲终收拨当心画,四弦一声如裂帛。"一曲终了,表演终于结束了,背上冒出了薄薄的一层冷汗,我起身鞠躬谢幕,台下响起一阵热烈的掌声。那一刻,我却特别安定和自然。

那日,我的表演服是母亲的衣衫,一件薄薄的中式粉红长衫,是我圣诞节回国时从她的衣橱里取的。衣服上还带着她身上淡淡的香味儿,也许是这股我特别熟悉的气味儿,镇定了我的心绪,给我带来了慰藉,那场演奏,我竟然没出一点错!

可能是心理作用,结束了表演之后,我眼中现场的春节气氛浓郁了许多。之后的表演,让我印象比较深刻的是白石的一名同学的笛子演奏和另外两名女生书法现场展示。这三位同学都身着汉服,书写着历史悠久的中国汉字,配上悠扬的笛声,显出了中国风,中国年的气息扑面而来。

除了节目环节,还有特别重要的一个部分,那当然就是抢红包啦。爸爸妈妈们都在群里,周老师一声令下,大家就开始往群里砸红包,每户家庭最多只能发200元,然后同学们蜂拥而至拼手速。三两个好友坐在一起,捧着手机,眼睛死死地盯着屏幕抢红包,抢红包这么俗气和费时间的事情,因为"春节"这一个美好的名词,因为大家的集体参与,而变得特别和喜庆起来。抢红包,抢的不是钱,而是那一份情趣,那一份祥和的欢乐。

自唱新词送岁华

我们的春晚在喧闹的音乐声和祝福声中,缓缓降下了帷幕。

坐在返程的车上，夜色沉沉，风声呼啸而过，车窗外路灯星星点点，就如同我心底翻滚无法平息的万千思绪。

2018年这一年，发生了许多事情。这些事情发生之迅速，让我无法预料，也无法全力掌控，更无从窥知未来走向。

2019年1月19日，本应该是我在英特考场上奋力拼搏的日子，却成了我在相隔16个小时的太平洋东边为同学们祝福的日子。

我仿佛还记得在英特的一点一滴，说的每一句话，发生的每一件事。我记得食堂阿姨做的鸡蛋灌饼和麻辣烫，我记得小卖部里的双皮奶和大肉粽，我记得每天晚上回寝室时都要咒骂一百遍的五楼楼梯，我记得英特独树一帜的钟楼，我记得我引以为傲且为之努力奋斗的苇岸文学社；我还记得在运动会结束的那个晚上，我跟最好的朋友一起坐在学校的操场上，看着钟楼上巨大的石英钟一点一点记录着时间的流逝，发出"咚咚"的钟鸣声；我还记得在寝室里过的那个生日，身边五六好友，一起吃着蛋糕，说笑着；我还记得每次上课的时候、跑步的时候，都会有属于我们班的起哄声和推搡声，永远的"二"班精神。

我很爱英特，不仅爱她一年四季美丽的景色，同样也爱这些陪我走过这里的春夏秋冬的人。他们是我这辈子都忘记不了的人，也许四五年后我们再次遇见，还是会像当时那样打打闹闹、相亲相爱。一个学姐说过："英特是一个理想国，一个桃花源，它远远不只是我们走向杭州外国语学校的台阶。"的确，还没出国之前，我一直以为我的目标是杭外，而英特就是一个绝佳的通道，我的理想国就近在眼前。很久很久之后，我才发现，占据我心的绝大多数的美好梦想，绝对不仅仅是眼前的杭外，它们还在不可知的远方。那些在英特走过的日日夜夜，那些师长谆谆启迪的远方，那些所有人为了同一件事而努力拼搏的时光，历久弥新，永不褪色。

感谢你，点燃了我心头的火花，使我在黑夜里看得更远。从某种意义上说，我是从英特出发的。

到了加拿大，生活为我打开了一扇新的大门，接触了崭新的文化和生活方式，接受和习惯新的学习模式，在国际化的学习氛围里冲撞和汲取。推倒和重建的过程，很艰辛，也免不了痛苦、迷茫，然，"舍，才有得"，在青春的园圃里耕耘，不是得先除去杂草，然后才能从一望无垠的土地里长出许多绿色的希冀吗？

身边很多低龄留学生常常感动着我，他们懂事明理，他们努力上进，并不是因为他们之前有多痛苦，有多想改变自己的现状，其实他们过去的世界已经比一般同龄人美好许多，他们之所以一夜间长大，他们之所以有凤骞鹏翔之志扣楫中流，不是为了炫耀和证明给别人看，而是因为

我们的春节

在这么小就领略过如此宏大与精彩的世界之后,不想也不敢再回到原来平淡的小日子里去了。

我也是一样。

虽然这一路上会遇到许多困难坎坷,但不论如何我都会逐一克服。这是我自己做的选择,我永远也不会轻言放弃。2018年第一个在国外度过的春节,虽然身边没有家人,虽然没有美食相伴,虽然不能陪伴母亲过生日,但身边那群意气风发的年轻同龄人,给了我许多慰藉和勇气。

看着天边渐渐西沉的太阳,回想起过去在国内度过的一个个春节,仿佛能听到太婆慈祥的教诲和外公的一声"啦图",仿佛能看到母亲淡然的眉眼,仿佛吃上了丰盛可口的年夜饭,还有父亲举杯时的盈盈笑意……

揣在怀里的手机突然发出"叮咚"一声,打断了我的思绪。我用手指划开屏幕,是家庭群里的红包,还有母亲的祝福语:

孩子们,愿新年,胜旧年!

希望，就在前方

9月，温哥华的风渐渐萧瑟起来，刮过长长的街道，仿佛使得人烟更稀少了。偶尔，有几个头发花白的老人，手捧一杯热气腾腾的咖啡，从大街对面匆匆走过。

每天早晨被闹铃叫醒时，透过百叶窗间的缝隙往外望，窗外是还未破晓的清晨，偶尔传来几声小鸟婉转的问候，又或是松鼠逃窜于枝丫之间的窸窣声。迷蒙地微微睁开眼睛，昏暗的天空彻底压制了那几丝想要早起的想法，于是便果断地关掉闹钟，再一次沉沉地睡去。

突如其来的低温，让许多同学都患上了季节性流感，却没有打消人们对于各个节日的热情，9月份最重大的活动莫过于全体加拿大人耳熟能详的 Terry Fox Run(希望马拉松)活动了。

历史和由来

早在九年级的 ELL 课上，老师带我们深入学习了 Terry Fox Run 的历史与由来。

Terry Fox(特里·福克斯)出生于加拿大温尼伯省，

后随父母迁居至Port Moody,中学毕业后在SFU(西蒙菲沙大学)就读。18岁那年,他不幸患了骨癌,右腿做了截肢手术。在医院治疗期间,他目睹了那些因为癌症而痛苦的孩子,便决定做些什么帮助他们募集资金进行手术和治疗。

特里最后制订了跑遍加拿大为癌症病人募捐的计划。1980年4月12日,21岁的特里戴上右腿的义肢,穿上跑鞋,开始了横穿加拿大的"希望马拉松",号召每人为癌症研究捐赠一元钱。他每天都会坚持跑大约45公里,穿越加拿大的城市与乡镇,为人们讲述他的故事和癌症病人的境遇。渐渐地,这个年轻人的勇气与意志感动了整个加拿大,人们纷纷倾囊相助。

1980年的9月1日,在历时143天的长途跋涉之后,他身上的癌细胞已经扩散至全身,人们便把他送回了家乡。一年不到,他便因为癌症去世了,举国上下都悲痛万分,于是许多人便下定决心,继承他的遗志,成立了Terry Fox Run Foundation。他的弟弟用他募来的款项成立了"特里·福克斯基金会",致力于癌症医学的研究,尽力帮助所有癌症患者。

活动实况

虽然Terry Fox的生命只有短短的20多年,但他的名言"行动胜于言语"(Action speaks louder than words),以及坚韧顽强的精神没有离去。时隔三十多年,他依然是人们心中为了他人不惜奉献自己的伟大英雄。希望马拉松,渐渐在全球风靡,成为世界上最大型的癌症研究筹款单日活动。

每个9月底,几乎每一所加拿大的学校都会自发组织Terry Fox Run,不仅仅是呼吁人们跟随着Terry Fox的足迹帮助加拿大的癌症患者,同样也是提醒年轻一代对癌症的重视以及提高Terry Fox Run在世界层面的影响力。

加拿大每所学校的Terry Fox Run具体时间都不一样,我们学校的跑步时间是在9月26日。学校先安排一批跑步的同学领队,紧随其后的是其他走路的同学。跑步的线路是从学校的大门出发,在周围的别墅区绕一圈,再回到学校。不管是走路的同学还是跑步的同学,他们的表情都只能用一个词来概括——坚毅。仿佛每一个人的脑海中都浮现出Terry Fox坚定前进的身影,每一个人的心中都有着一份同样初衷的信念。

作为舞蹈社团的成员,我们被学校安排在跑步路线旁边跳舞,为同学们加油和鼓劲。那一天的温度特别低,但我们还是咬着牙在冷风中表演着。冷得直哆嗦萌生退意的时候,想到三十多年前,生命垂危的Terry Fox不顾个人安危,坚持跑完5300多公里,横跨大半个加拿大帮助素不相识的癌症患者,我们咬咬牙打起精神,随着音乐快节奏舞蹈,为令人肃然起敬的公益活动出自己的一份力。

当所有同学、老师都结束跑步的时候,我们几个正收拾着东西准备回去,突然看到远处跑来俩小红点。过了一会儿,我们才看清楚:为首的是学校的体育老师,穿着鲜红色的衣服,张开双臂为后面的老师开出道路。中间的是一位女老师,和 Terry Fox 一样截去了左腿,正穿戴着假肢进行 Terry Fox Run。她的脸上洋溢着自信的笑容,步伐缓慢却坚定地向前方跑去,和我眼神对视之际,我分明看到了她传递过来的源源不断的力量。我不禁眼睛一阵湿润,仿佛感受到了三十多年前,Terry Fox 在生命垂危之际脑海中想的是举国上下正受难于癌症的孩童们。

感　悟

几年前,母亲在读英国畅销书作家蕾秋·乔伊斯的《一个人的朝圣》,她曾和我讲述了整个故事。一天早晨,主人公哈德罗收到一封信,来自二十年未见的老友奎妮。奎妮患了癌症,写信与哈德罗告别。哈罗德最后决定以步行的方式横跨整个英格兰去看望友人,希望能给垂危之际的友人以爱的力量。最后,他历经重重磨难,在好友的病榻前目送她离开这个世界。哈德罗从英国最西南一路走到最东北，以其孱弱之躯斜跨了整个英格兰。87天，627英里，只凭一个信念：只要他走，奎妮就会活下去。这不是单纯的哈罗德千里跋涉的故事。从他脚步迈开的那一刻起，与他600多英里旅程并行的，是他穿越时光的另一场内心之旅。一路上，他经过自我反省，领略了现代社会百态，跨越了时空，敞开了自己伤痕累累的心，实现了自我救赎，让世界走进来，让生命重新发光。母亲最后说："孩子，建议你读一读，读罢你才发现，哈罗德原来就是我们自己。人生旅程，需要不断地给自己打气，不断地寻找新的努力目标，你才能找到发光的自己。"我似懂非懂地听了母亲的阐释，《一个人的朝圣》中大段的心理描写读来索然无味，看到一半便放弃了。直至今日，我才真正懂得，很多事情看似无用，看似不被普罗大众理解的特立独行，却最具挑战庸常的力量，且对于整个世界来说意蕴深远。

　　之前，我其实对学校停课，大张旗鼓地举行 Terry Fox Run 活动微微有点不解：一次励志的长跑最主要应该是成年人的事，连学生都要放弃学习时间来参与，有点夸张了吧。加拿大假期之多令人咋舌，老师每个月培训也会给我们放假，母亲过去做教师时常常外出培训，学生都在学校自习，回来后她会利用自修课时间给学生补课。深深地反思，我才真正体会到有意义的公益活动深入人心的力量，不是拉横幅呼口号，不是走秀表演吸引人眼球，不是为了公益走过场,而是通过细水长流的持续的纪念活动,影响全国甚至全球,每个人都会自觉地用微薄的力量,携手奉献爱心,给他人以鼓励和帮助。

这样的力量,直抵人的内心。

莎士比亚说,黑夜无论怎样悠长,白昼总会到来。

是的,站在路边孤独地舞蹈的我,分明就看到:

希望,就在前方。

运动和电影

原以为，生活在白石这个小镇，生活应该是枯燥且乏味的。仅有的课余活动可能是和同学在海边走走，或者是在镇中心附近找一家不怎么纯正的中国餐馆凑合着吃一顿饭，以求得对思乡之情的慰藉。慢慢地，我才发现，如此平淡且恬静的人生，却有着许多不可多得的乐趣。

除了周一到周四固定的日程安排之外，双休我一定会抽时间到白石最大的体育馆练习羽毛球。虽然我从来没有在老师处正规地学习过羽毛球，但不知从何时开始，羽毛球就代替了排球成了我最爱的运动球类之一。

记得第一次接触羽毛球是在小学五年级的暑假。只记得当时哥哥从家后门的车库中拿出一副羽毛球拍，我那时候刚听说羽毛球的名字，看到如此新奇的事物，便兴致勃勃地加入了。我和哥哥便在家门口的空地上打起了羽毛球。因为从未接触过，我甚至连羽毛球拍都握不稳，哥哥很耐心地手把手教我如何握拍、挥拍，还有一些基本的接球姿势。

只不过那时候我和哥哥的学业都较为繁忙，没有多少时间一起打羽毛球,我便也放弃了一段时间。出国后,因为人生地不熟,加上住家离市中心的羽毛球场很远,所以我很少外出运动。直到九年级下半年的时候,身边的朋友们每周六傍晚都会约着在一所大学的运动场练习羽毛球,也邀请我过去和他们一起打。从那时候开始,我对羽毛球的兴趣便被激发出来了。

来到白石之后,住家的位置正处于整个白石的最中心,离图书馆、商场和体育运动馆都很近,所以当我听说有好多朋友经常约着一起打羽毛球的时候,我便加入了他们的队伍。更让我感动的是,即使我的球技一般,也不了解很多规则,那些高手从来没有表现出不耐烦,而是一遍又一遍地教我一些基本的规则,帮助我提升羽毛球水平。

一次次挥动羽毛球拍,拼尽全力;一次次汗如雨下,目光追随着白色球飞翔的弧线;一次次坐在场外观摩,被一个个矫健的身影迸发出的力量所感动……

运动的魅力,在此刻被全部激发了出来,沉浸其中,享受并不能自拔。

除了运动,我还有一个很大的兴趣爱好,那就是——看电影。基本上每两周我都会去电影院看一部电影,有小众口味的,例如《Adam's House》,也有大众口味的大片,像《复仇者联盟》。如果最近院线没有我感兴趣的片子,那么我会宅在房间里，泡一杯浓香温热的咖啡，打开手提电脑，搜索一部古老的怀旧片，或是一部带有烟火气息的美食纪录片，还可以是一部惊心动魄的战争片……

看电影的过程不仅是放松自己身心的过程，同样也是一个学习的过程。比如看英文电影的时候，我会有意地关掉字幕，专注于"听"其中的对话，而不是"看"底下的字幕。不仅仅是对听力的培养，一部优秀的、有内涵的电影带来的影响是巨大的。它是塑造一个人三观的过程，也许刚开始的时候效果不太明显，但在潜移默化中，看待世界的方式，对事物的理解，为人处世的态度，都会逐渐丰盈起来。

在电影里，我常常能看到不同人的人生际遇，看到不同地方的人文风貌，看到不同经历的人对待生活的方式以及态度，看到人性的光明和黑暗，看到灵魂被生活磨砺得闪闪发光。其中，无论是在现实的基础上进行的勾勒，还是在想象的基础上进行的大胆描绘，电影都能让我们将目光放远，看到自己生活之外更为辽阔更为深远的世界。

每看一部电影，都像是经历了一次不一样的人生。

羽毛球、电影、生活，都是如此，一步一步地学习才能赢得最后的成果。而这些日积月累的练习过程可能十分枯燥，却是每一个人在成功之路上必经的磨砺与艰险。所以当你觉得自己已经足够努力了，却没有得到任何成就或是赞美的时候，不要担心，你只是在努力的路上独自奔跑而已,你只是在往上走的过程中积蓄力量而已,你只是在被乌云挡住了不远处的光明的大道而已。

不要在意他人的成见,不要灰心气馁,不要轻易放弃。

因为壮丽无比的美景,会在道路的尽头等着你。

国际模联参赛记

模拟联合国比赛（Model United Nations），简称MUN，是对联合国大会和其他多边机构的仿真模拟，是一种学术性质的活动，是为青年人组织的公民教育活动。在活动中，青年学生扮演不同国家或其他政治实体的外交代表，参与围绕国际上的热点问题召开的会议。大赛在联合国议规的基础上进行，旨在培养参赛者逻辑思维的能力，英文演讲与辩论的能力，同时让参赛者广交来自世界各地的志同道合的好友。

这一次，我有幸参加了在加拿大蒙特利尔举行的2019年国际模拟联合国大赛，受益匪浅。

初识模联

第一次听说模拟联合国比赛，是在英特读书的时候。校内有一个模拟联合国社团，作为苇岸文学社的副社长，我有幸参加了一个社团之间举办的联合活动。那一次，我目睹了一场极为激烈的校内模联比赛，并被震撼到了。各方唇枪舌剑，互不相让，英语表述像水流一样畅快。比赛结束后,我写了一篇详细的报道,记录了模联运行规则、比赛的全过程以及内心的感慨。

后来,我从栋赫哥哥和程王哥哥的交谈中,了解到了模联活动的精彩。栋赫哥哥在我们家乡最好的高中——绍兴一中创办了模联社团,他不仅自己获得了大奖,而且带领着同学们一次次参加这个国际大赛。每次他回国的时候,就会利用宝贵的假期时间,无私地帮助和辅导学弟学妹们。优秀的程王哥哥也是受益者之一,还是优秀的赛手。从他们专业的讨论中,我对模联大赛充满了好奇,更是跃跃欲试。

赛前学习

不仅如此,出国以后,我听说身边的好友中有人参加了全英文的模联比赛,并且还获得了好多奖项。刚好我所在的阳光教育机构组织同学们进行了针对模联的学习,心痒痒的我便迫不及待地报了名,并坚持每周两次的学习。教我们的老师叫Ethan,是一名小学就来到加拿大学习的北京人,毕业于麦吉尔大学,学的是心理学与社会学双专业。他不仅长相潇洒帅气,更重要的是他雅思拿了九分的高分,还是一名模联高手,这些都不禁让我敬佩万分。

在一周两次的模联课程中,我发现模联不仅仅只是一个玩法多样的辩论比赛,它更能教会大家如何站在不同的立场提出问题、思考问题并解决问题。整个比赛的议程大致分为三个部分：第一部分是费时最少的点名过程。主席会根据次序点名，听到自己国家的名字之后要举起手中的名牌并说"Present"或"Present and Volting"。点名结束后，便是第二部分——辩论。在正式辩论中，各国代表通过举起国家名牌来在发言名单上登记，并轮流发言。发言名单中的所有代表都发言结束后，所有参会的代表会决定先讨论哪一个话题。紧接着就进入了辩论中的有组织核心磋商，代表们在提出动议时必须说明主题、总时长以及每位代表发言时长，需要投票经多数同意通过才可以进行，主席将在固定时间内点出举牌的代表轮流发言。

结束了有组织核心磋商后，就是无组织核心磋商的部分，大会将暂时中止，代表们可在会场内离开座位自由地相互磋商讨论、游说、撰写文件。最后一个部分便是投票表决。模拟联合国会议中存在两种投票方式，分别是对程序的表决和对会议文件的表决。程序表决包括动议更改发言时间、进行非正式辩论，以及结束辩论。会议文件表决包括修正案和决议草案的投票。在安全理事会中，美国、俄罗斯、中国、英国和法国任何一个持有否决权的常任理事国一旦投反对票，不管票数如何该文件也会即时被否决。这些过程看起来复杂且烦琐，但的确是通过一个决议草案必备的三个重要部分。

两个月中，我利用放学后的时间，认真地参加了模联学习，在Ethan老师的专业教授下，我和同学们的口语、听力，甚至思辨能力都得到了很好的训练和提升，很享受这个学习过程。

亲历大赛

因为自小就对演讲比较感兴趣，六年级的时候还参加过"21世纪·新东方杯"全国中小学生英语演讲比赛，获得了省二等奖。所以，当十月中旬，Ethan老师问我们要不要去蒙特利尔比赛的时候，我便萌发了想参赛的昂扬的斗志。

毕竟需要缴纳参赛费，还要出远门，所以课后我和母亲视频通话，征询她的意见，没想到母亲大力支持："孩子，在学有余力的情况下，妈妈鼓励你参加一切有益的活动，义工类、艺术类、体育类，包括辩论的活动。模联是很锻炼人的比赛，若是学校能请出假，还是建议你参加本次活动。不要太在乎结果，历练的机会很难得。"得到母亲的鼓励后，我便第一时间报了名。

于是，我便很幸运地成了阳光教育参赛队的五名成员之一，和其他学长一起奔赴冰天雪地的蒙特利尔。

我们乘坐的是晚上11点半的飞机，飞行了整整6个小时，因为有3个小时的时差，抵达−4℃的蒙特利尔机场已是早晨7点半。我们一行人饥肠辘辘，瑟瑟发抖。走出飞机场后，迎面一阵超强的冷风吹得我摸不着北，差点冻成了冰柱。幸好Ethan老师很快接上我们，并将我们带到了酒店。经历了长途跋涉的我，本以为可以休息一下，没想到紧张的赛程已经开始了。

我这次被分配到的题目是Canadian Senate Reform，代表的议员是Murray Sinclair。因为是代表个人的议会，所以竞争会激烈许多。还未等我坐下，第一天的赛程便悄然开启。即使是刚开始辩论，一个个伶牙俐齿的参赛同学便毫不怯场地开始举牌发言，一开始我有些慌张恐惧，但不一会儿，我熟悉了议会规则，虽然做不到每一次都能发言，但尽量做到最好，用清晰的语音表达自己的观点。因为主题是加拿大参议院重组，所以针对参议院资格、参议院的权利和参议员席位的分配三个要点着手进行参议院的重组。第一天和第二天的四个委员会议中，我们针对参议院席位分配进行了决议草案的撰写，并且在全票通过的情况下，顺利通过了这份决议。

之后的两天，熟悉了赛程，之后，我发言的频率也越来越高，也会主动提出一些小议题并与其他参议员激烈地辩论。经过四天没日没夜的赛程，尽管没有得到任何奖项，但作为第一次参赛的我来说，得到历练、交到朋友、积累知识已然是对自己最大的奖励了。

赛后思考

通过这次学习和参赛,我觉得模联大赛是特别有意义的比赛,同学们若是有机会,可以积极争取参与哦。为了便于同学们理解,我把模联的作用,做了一个简单的总结。

其一,开阔视野。模拟联合国活动关注的问题广泛,和平与安全、人权、环境、贫穷与发展、货币政策、石油危机、全球化、公共卫生……大都是当今各国面临的热点问题,在这样一个充满激情和挑战的全球化时代,积极参与这项活动,为我们打开一扇窗让我们关心世界,让我们用国际眼光来思考问题、讨论问题。

其二,激发学习潜能。阅读背景资料、会场上书写大量文件、听取发言、阐述观点,这些都对学生的语言和写作能力提出了很高的要求。准备的过程实际上是一个多种学科知识的整合过程。若是没有丰富完整的知识体系,很难参与比赛。

其三,锻炼领袖才能。模拟联合国活动是一种互动性极强的学习活动,青年人不仅能够学习和讨论国际事务,还能够通过实践来锻炼自己组织、策划、管理的能力,研究和写作的能力,演讲和辩论的能力,解决冲突、求同存异的能力,与他人沟通交往等多方面能力,这些会让我们受益终身。

其四,培养精英学生。模拟联合国活动是世界上影响力最广泛的学生活动,如哈佛大学、哥伦比亚大学、耶鲁大学等世界知名高校都有每年一度的模拟联合国大会活动。除此,模拟联合国活动还分布在美国、加拿大、英国、德国、中国等多国的高校中,影响力巨大,也集聚了一批富有朝气的优秀青年学子。

深夜,坐在飞回温哥华的班机上,想起这四天来在蒙特利尔看到的一幕幕:自信满满的最佳辩手同桌,古老且有魅力的麦吉尔大学,英伦风情的蒙特利尔市中心,优雅文明的当地居民……这一切让我看到了不同的世界,结交了不一样的好友。这也许就是人生吧,人们会去各种各样的地方,遇见各种各样的人,体验丰富多彩的人生。

飞机渐渐升高,底下灯火辉煌,一片繁华,我仿佛觉得自己的后背倏忽生出了双翼,"抟扶摇而上者九万里"的雄心壮志,喷涌而出,不禁对自己的未来充满了信心与希望。

边走边写

民宿惊魂记

抵达多伦多,已将近凌晨。

一道同行的还有我母亲、两个同学,以及 M 同学的妈妈和姥姥。正因为时间已经不早了,于是能干的 M 妈妈便在机场提前租好车,不辞辛劳地载我们来到了预订好的民宿。

从机场一路向东行驶,驶过明亮如白昼的机场马路,驶过车水马龙的高速公路,驶过繁华热闹的中国城,最终在一处偏僻的住宅区停下了。这个住宅区的车行道很窄,勉强可以穿过一辆小轿车。因为大家之前都没有仔细了解过这个区域,绕了好几圈才发现那个缩在两个相同高度的楼房中间的民宿。

看着黑魆魆的小过道,不甚整洁的街道,以及没有精心打理的后院,我和两个朋友对视一下,心中凉了大半截。毕竟这是我们自己第一次做的攻略订的房间,不会搞砸了吧。

然而,也许是因为周遭环境过于暗淡,我心中不知道为何总有些发怵。脑海里尽是些可怖的小说,甚至还有那些看过的恐怖片的影像。我尽可能地告诉自己,不要害怕,有人同行,母亲也在身边。但脑袋里那些奇奇怪怪的想法,还是不自觉地蹦出来。

我们从信箱里找出钥匙,不知是心虚还是怎地,一股凉意扑面而来,脑袋还没来得及反应,身体就先起了鸡皮疙瘩,这种先入为主的灰色情绪让人沮丧。

民宿的外观虽然不那么"高大上",但是打开门按亮灯的那一刹那,白色的墙壁,红色的主色调装饰,齐全的设备和干净的用品,还是给我们留下了较好的第一印象,我暗暗松了一口气。

走进去一看,首先映入眼帘的是一个前厅,前厅的天花板上有一盏光线十分昏暗的台灯。再往前走就是餐厅、厨房,还有与客厅一体的一大块区域。幸运的是这里的灯光十分明亮。只是如此耀眼的白炽灯光,照耀在挂在墙壁上的抽象派油画上,人物的表情有点狰狞,我吓了一跳,紧拽着母亲的手,小心翼翼地探出头朝楼梯的方向看去。

楼梯口很小,却在向上延伸时转了个急转弯,从外面看像极了一个深不见底的隧道。我好不容易平静下来的心脏又开始"突突突"地跳了起来。

在大家的陪同下,我壮着胆子走上了楼梯。楼梯很窄,只能容一个人走。于是我走在最中间的位置,迎面的是母亲的背影以及正对着楼梯口的一幅油画。这幅油画中的女人看上去精神失常,她穿着奇异颜色的衣服,蒙住了一只眼睛站在旷野中大声呼救。我心中"咯噔"一下。那些恐怖的画面像妖魔鬼怪似的又钻进了我的脑袋里。不过因为时间已经接近半夜,于是我和母亲飞速地洗了澡,加上一天的劳累,我们倒头便睡,一睡便睡到了天亮。

天刚蒙蒙亮,我们便听见朋友们交谈的声音。我自然而然地以为是他们正通宵打游戏,便也没有理会,便又睡了过去。直到8点左右我和母亲起床进行洗漱,一个同学才跑过来跟我们说,昨天半夜,似乎有人翻墙进了前院,然后刻意想要拉开窗闯进来。我与母亲心中同时一惊,我努力压抑着心中的恐惧。我还没来得及开口,母亲便拉着M同学坐下来,向他细细询问具体情况。

那天晚上的故事还要从刚进旅馆讲起。因为楼上没有足够的床铺,于是其中一个朋友便主动提出在楼下房间休息。大约凌晨4点半的时候。正在刷朋友圈准备睡觉的M同学,突然听见有东西敲击玻璃的声音。他一开始还不敢确定那是什么,可几秒钟之后那个声音再次响起,他清晰地看到了一个投射在玻璃窗上的人影,身形高大,应该是一个成年人,还是一个居心不良的人。M同学冷静地打开了整个房间的灯,叫来了L同学,两个人用英语霸气地"回应"了那个人,并把手机设定到"911"上。不一会儿,随着两声敲击玻璃声,那个人就不见了踪影。

　　我光是听着就冒出了一身冷汗,更不用说亲身经历那个环境和可怕的气氛了。听完这件事,母亲当机立断让所有人搬移到酒店里去。L有点迟疑地说:"我们付了全部房费,不知道能不能退钱。"母亲坚定地说:"钱是小事,安全永远都是第一位的。如果你们同意,这笔费用我来承担。我们马上整理好行李离开。"母亲随即和M妈妈联系,M妈妈马上帮我们在湖滨的威士汀酒店订好了房间。

　　事后,我问朋友们为什么在事情结束之后不睡觉,出乎意料地,他们这么回答我:"要是那个人进到你们房间了怎么办?"听了这句话,我表面上哈哈一笑,内心却一阵感动。换作是我,在那个情况下估计得吓昏过去,他们却在保证自己安全的情况下,也尝试保证我和妈妈的安全,而且全程都很冷静,甚至都没有打扰我和妈妈休息,这让我不禁对这两个比我大不了多少的同学产生了敬佩之意。

　　经历过这件事后,我心有余悸,真是"出师未捷先折戟",有点灰心。母亲觉察到了我们低落的情绪,宽慰道:"只要没出事,这样的经历都是人生特别珍贵的财富,也提醒你们以后订房不仅要看价格,更要看周边社区的安全指数。出行,安全永远要放在第一位。这也是为什么我千里迢迢地从中国赶过来,这么讨人嫌地跟着你们一起旅行的原因,可以在关键时候帮助你们拿主意。而且,我还要表扬你们,昨晚你们非常冷静,妥妥地处理好了突发状况,还保护了我们的安全,你们的做法其实很值得赞赏啊!"

想想也对,这样倒霉的经历让我们遇上了,也是社会这所大学给我们上的一堂很好的人身安全课。意外,可能尾随而至。与人身安全相比,绚烂的风景、精彩的体验等都变得微不足道了。我把这一次"夺命惊魂记"写下来,一则是诫勉自己今后不可大意,同时也是告诫同龄人:出行有风险,还是须谨慎。

唯有来过，才会懂得

惊魂一夜所激起的涟漪渐渐平静，M妈妈带着我们到了她所住的威士汀酒店进行入住登记，之后便驾车带我们来到了尼亚加拉大瀑布。

飞　瀑

尼亚加拉大瀑布被冠以"世界最大跨国瀑布"之美名，位于加拿大安大略省和美国纽约州的交界处，瀑布源头为尼亚加拉河。尼亚加拉瀑布因为流量巨大，突显了其具有排山倒海之势与雷霆万钧之力的雄浑与壮观，号称世界七大奇景之一。

与我想象中的"极具历史底蕴"不同，尼亚加拉瀑布在1625年被欧洲探险者雷勒蒙特发现并命名为"Nigara"，意为"隆隆的水声"，取名有点草率。紧接着在1678年，一名来加拿大传教的法国传教士发现了这一奇观，于是便用极其美丽奢华的文字记录下来并在欧洲广为传颂，这才让这一壮丽奇观渐渐得以展现在世人面前。

一靠近瀑布，就感觉到对岸的水花扑面而来，紫外线十分毒辣地直射在我们身上，似一把利刃想要穿透人们的胸膛，一探众人内心的真实模样。因为是暑假，所以尼亚加拉小镇集聚了很多从世界各地慕名而来的人，或是饱览风景，或是度假散心，或是拍照留念，或是与家人视频分享喜悦，说着各式各样的语言，摆着各种各样的姿势，唯一相同的是，每个人脸上都洋溢着幸福的微笑。

长长的开放式的看台，既不用排队也不用买票，我们沿着看台径直走向了观景台。一站上观景台，我便被眼前壮观的景象震撼了。那是两联整整齐齐的瀑布，从同一座悬崖的两个缺口飞流直下，如同两匹白绢在空中飘扬。随着水雾而来的，便是轰隆隆的声音，那是快速的水流撞击在岩石上演奏出的原始乐章。尼亚加拉瀑布的水流冲下悬崖，至下游重新汇合之后，在峡谷里继续翻滚腾跃，演绎出世界上最狂野、最恐怖、最危险的旋涡急流。水流从悬崖纵身一跃，卷起千堆雪，在峡谷中肆无忌惮地左突右奔，引发一波又一波的浪潮。这种狂放和肆意，让人不由得惊叹大自然最旺盛的生命力。视线被久久地吸引，在大自然无人可匹敌的威慑力面前，在这份摄人心魂的美面前，观赏的人们都默不作声，只听得瀑布怒吼咆哮嘶哑啸叫，似乎为世界呼出了不平的呐喊。

将目光投于远处那片广袤的土地，还有一片汪洋的平坦的河谷，那儿隶属于纽约州。而横亘在中间的是奔流不息的尼亚加拉河，以及横跨两岸的彩虹桥。彩虹桥上有三面国旗，美国星条旗在南，加拿大枫叶旗朝北，而联合国旗帜居中，象征着永久的和平与安详。

纪念碑

观赏完壮观的瀑布，我们一行五人来到了新开发的尼亚加拉小镇，这是专门针对来观赏尼亚加拉大瀑布的人们所建的游览娱乐产业小镇。走过一个红绿灯，一个士兵的雕塑赫然出现在我们的面前。刻在雕塑上的，是无数个加拿大人的姓名。仔细一看英文碑文，才知道原来尼亚加拉大瀑布的两端并不是永远都这么和平。1812年，第一次英美战争爆发，从属英国军队的加拿大军队奉命和美国在边界进行了抢夺尼亚加拉河的战争，双方死伤惨重。痛定思痛，两个国家坐下来协商，最后各退一步，愿意将尼亚加拉河列为两国共有财产，主航道中心线为两国边界，共享这个资源。而这雕塑上的名字，便是当初参加过这场战役并不幸阵亡的加拿大士兵的名字，他们的名字被永远铭刻在石碑上，以做纪念。

我看着雕塑上数以万计的士兵的名字，脑海中不禁出现了他们在战场上为国奋力拼搏的模样。扛着沉重的武器，迈着坚定的步伐，即使知道这是一条不归路，也依然愿意向前进。我不由得感慨万分，有些时候我们往往只是看到了表面的光鲜亮丽，殊不知当下的幸福都是由无数先人的血与汗换来的。若是加拿大和美国一直世代为敌，也许美国会在尼亚加拉河上造一座堤坝，完全截留河流的倾泻，若是这样，世界第一瀑的奇观也就消失了！

摩天轮

继续往前走，吸引我目光的是一个巨大的摩天轮。我带着征询的目光望向了母亲，母亲给予我一个肯定的眼神，我便欢天喜地地和同学一起去买了摩天轮的门票。虽然人多，但大家都很有秩序地等待着空位，现场也没有喧闹。我们静静地排了快十分钟的队，便可以上去了。

一个胖胖的外国大叔关上了玻璃门，摩天轮便晃晃悠悠地开始转动了起来。因为是全封闭式的摩天轮，尽管体积较大，但还算是比较安全。温度适中的空调风徐徐吹来，扬起鬓发，舱内播放着轻松的音乐，眼前，壮丽的瀑布永远不知疲倦地一泻千里，白色的浪涛仿佛头上变幻莫测的白云。越来越高了，我和M同学没有一点胆怯，反倒还很享受这"一览众山小"的感受。坐到最高点后，摩天轮停了下来，我透过透明的玻璃，看到了身下整个色彩斑斓的尼亚加拉小镇。镇上有超大规模的高档酒店，大多是造型奇特的快餐店和礼品店，甚至还有一个小小的恐龙装饰风格的高尔夫球场。往远处望，便是倾流直下的尼亚加拉大

瀑布,雾蒙蒙的水汽加上格外明亮的太阳,营造出一种魔幻现实主义电影的不真实感,我揉了揉眼睛,摩天轮才开始持续转动起来。

在回去的高速公路上,我看着越来越渺小的三面旗帜在视线中渐渐消失,不禁感叹起来——和平,是何其重要!

"务本含灵皆自化,和平盛世纵邀游。"正因为美加的和平,使得这样壮丽的美景得以保留。因为两国的重视,用高科技的手段固化断层的岩壁,才让瀑布保留的时间更长些,让更多的人能观赏到这波澜壮阔的美景。假使其中一方有所不愿,瀑布可能会被毁,我们便欣赏不到这样奇特而又美好的事物了。和平来之多么不易,需要珍惜,也需要人类代代保护!

城市之灵魂

多伦多之行的第三天，我们来到了多伦多市中心，一睹现代大都市风采。

顶级名校多伦多大学

第一站当然是大名鼎鼎的多伦多大学。多伦多大学前身是始建于1827年的国王学院(King's College)，坐落于多伦多的市中心，是世界一流大学，其工程与自然科学学科为加拿大第一、全球前十。庞大且复杂的学习体系让这所大学成为城市一般的存在。各个学院蔓延在整个市中心，有时一个转角，你以为来到了居民区，结果却是多伦多大学的学生宿舍。

穿过一家 Tim Hortons 咖啡馆，出现在我们眼前的，就是多伦多大学的罗特曼商学院。这是全加拿大排名前三的商学院，在国际商学院中排名也很靠前。商学院的装修风格十分现代，茶色的反光玻璃和米色的外墙相互呼应，一股浓浓的简约商务风。我透过茶色玻璃往里面窥视，可以依稀看到一群大学生模样的男生正围在一个茶几附近,每个人手中都拿着一叠文件,像是在讨论着什么。我羡慕地看了一眼这北美乃至全世界首屈一指的商学院,心中暗下决心:好好努力吧,向目标挺进!"妈妈,快给我拍一个!"举起标志性的"剪刀手",笑成一朵花的我,在罗特曼商学院门口,倚靠着学院标志拍下了一张照片,说不定能沾点幸运呢,我暗自想道。回头望去,林荫路边,这幢高大的建筑高高耸立,大门紧闭,充满了神秘感,似乎高不可攀。是啊,要能进入这样的高等学府读书,未来几年真的需要下苦功呢。

继续往前走,是语言系的办公室。与商学院大相径庭的是,语言系办公室的建筑风格十分老旧古朴,像几个世纪之前的古堡一般砖红色的墙体加上蔓延其上的大片绿色藤蔓,散发出浓浓的古色古香的气息。正对着古铜色大门的是一棵参天的榕树,具有历史气息的根须从高空垂落,像神灵之触须,也像历史深处伸出的先哲之手,邀请着我们一睹古老学院的风采。

语言系之后,便是学校艺术系的礼堂。临近毕业,学校正在举办庆典活动,人声鼎沸,很多家长、学生聚集在门口。正是艺术系的缘故,我面前走过了一个个金发碧眼、身材高挑丰满的外国小姐姐,身着毕业礼服,头戴毕业帽,手中捧着毕业证书和鲜花,脸上盈满了青春的朝气与活力。漫溢出来的欣喜和自豪,是多少个日日夜夜发愤读书才能积攒到的啊，这样想着，由衷的佩服之情油然而生。

礼堂正对面就是多伦多大学的图书馆，作为加拿大最大的图书馆，它有藏书约1900万册，藏书量在北美仅次于哈佛大学和耶鲁大学，这些书分布在675座分馆和资源中心。图书馆一共有19层，9—19楼为藏书空间，8楼为该馆的50多个分馆之一——郑裕彤图书馆，期刊、报纸、缩微资料、地图、政府工作报告、参考藏书、论文、信息及其他各类教学资源的藏阅空间分布在1、3、4、5楼。

进入普通的旋转门，里面一片肃穆，映入眼帘的是一面极大的石墙，上面篆刻着所有捐赠者的姓名。再往里走，是一个迷你的图书馆模型，能给来往的学生和游客一个大致的关于图书馆整体的导览。我微微有点紧张，觉得自己作为陌生人不该闯入这样神圣的殿堂，母亲却微笑着说："继续往前走，我们深入腹地，去仔细看看。"于是，她带着我们长驱直入。令人奇怪的是，没有传达室大叔质询，也没有带着狐疑神色的大妈透过厚厚的眼镜盯着我们，我们坐电梯轻轻松松登上了3楼，也是外部入口连接的楼层。很多多伦多大学的学子在图书馆看书和学习，就是没有人抬起头来看我们一眼，仿佛把我们当作了空气一般。一列列红棕色的书架上，书籍整齐地摆放着，分门别类，种类繁多。

我们先来到了4层，这一层主要是一些关于科技、语言

城市之灵魂

方面的书籍,在书架上可以看到很多用不同文字书写的书籍。因为是假期,所以图书馆里人很少,但冷气很足,行走在图书馆的地毯上,俨然有一种学者的气派。继续往上走,来到了第5层。第5层存放着美国和加拿大的历史文献以及一些地质方面的书籍。我拉开一个铁质的抽屉,里面存放的竟然都是20世纪的报纸的备份资料。小小的一片,但存放得十分整齐有序,我有点被这种严谨吓到了。作为游客,我们只能到达5层,5层楼以上的区域只有多伦多大学的教职人员和学生才能进入。

走出图书馆,我抬头看着眼前高大如巨兽的庞大的建筑,心中不由得升起一股向往之意。

是啊,哪有成就是可以白白得到的呢,母亲素来与我说,天下没有免费的午餐,出来混都是要还的。但凡是轻轻松松得到的成就,必定有水分掺杂其中。对于我们这一代年轻人来说,来日方长,但不能懈怠,依旧要奋发向上地努力,为自己博得一个美好的未来。

追寻与反思

我和母亲常常外出旅行,往往是做一个简单的攻略,然后一程程走下去,而各类博物馆和美术馆是我俩的必到之处。这一天,我们搭车去安大略美术馆和皇家安大略博物馆一探究竟。

安大略美术馆上午 10 点开馆，我们卡着点来到了门口。

　　一下出租车，迎接我们的就是腾腾的热气以及巨大的彩虹色"ART"字样。推开门走进去，一股冷风迎面吹来，我们以为来得甚早，不承想柜台前早已排起了长长的队伍。令人称奇的是，排队的大多是年过七旬的老爷爷老奶奶。安大略美术馆馆藏丰富，主要的展馆有加拿大艺术馆、欧洲艺术馆、欧美现当代馆、非洲馆、摄影馆，共有 4 万多件藏品。印刷和素描专题馆有米开朗琪罗、马蒂斯、高更和凡·高等人作品，地下层更有古船模型展和因纽特人艺术陈列。先不说具体的数目，光是这陈列的一项项艺术作品，就足以让游客们体会到美术馆规模之大、涉猎之广泛了。

　　我们先是来到了前厅，前厅的正中央介绍了美术馆的悠久历史。安大略美术馆的前身是多伦多艺术博物馆（Art Museum of Toronto），早在 1900 年就有规划要建立，却因缺乏资金而未能修建场馆。1910 年，一位生活在多伦多的英国学者去世后，将夫妇二人居住的格兰奇庄园捐赠给多伦多艺术博物馆作为场馆。这座庄园早在 19 世纪便已建造，目前是多伦多历史最悠久的建筑物。

　　走上楼梯，我们来到了加拿大艺术场馆。场馆里所展示的大多是因纽特文化中的艺术品，呈现了加拿大艺术的发展路径以及本土文化的深厚传承。让我印象最深刻的，是角落的一个房间。它全面呈现了加拿大最原始的送葬方式：土葬，海葬和天葬。昏暗的灯光，四面漆黑的墙壁，音响放着土著人民凄凉萧瑟的音乐，还有诡异的摇曳的灯光，看着都让人不禁起满身的鸡皮疙瘩。

欣赏完加拿大艺术的部分，正对着我们的是一个现代艺术与土著文化相结合的场馆。具体的表现形式就是将近几年十分流行的篮球鞋改装成原始土著文化中的某个具体形象。近几年，在加拿大，传播土著的历史和文化成了最重要的事情之一。不管是学校、居民社区还是博物馆，都得包括"土著文化"内容。究其原因，大概是因为加拿大政府意识到了在之前的几十年中，国家对于土著历史方面不够重视，甚至还有打压、篡改的情况存在，于是进行了反思和创新，为了让生活在加拿大的青少年能更好地理解、包容土著的文化，政府正在尽量地将他们的文化融入当地人的生活中。上英语课的时候，也会讲解许多关于土著文化的事例以及故事，让学生能更好地理解土著的精神与内在力量，这也是文化传承和融合的一种很有效的方式。

来自不同国家、不同文化的艺术典藏，让人肃然起敬。美术馆，并非仅仅是一个让人感受美好的地方，同样也是一个让忙碌的人们静下心来静静体验、接受深厚历史文化熏陶的重要场所。这里的每一件器物，每一幅绘画，抑或是每一尊雕塑，都蕴含了创作者的无数心血，彰显着生命强大的张力。在伟大的作品面前，我们心怀敬畏，唯一能做的就是好好地欣赏，感受与这些画作之间的内在联系，这样才是对创作者及作品的最大的尊重。

离开美术馆，我们打车匆匆来到了博物馆。因为接近饭点，所以博物馆中人并不是很多。博物馆是一座设计感极强的建筑物，外形酷似一只张牙舞爪的恐龙。别看它的外形如此怪异，它可是加拿大最大，也是拥有最多收藏品的博物馆，馆内项目有自然科学、动物生态、艺术及人类学等。这里收藏着除中国本土以外最丰富的中国艺术品，还有希腊、埃及、罗马等其他国家的收藏品。这里不仅收藏着木乃伊等埃及文物、矿物和恐龙化石，还有种类繁多的鸟类标本。

一楼有一半的位置陈列着中国文物，从玉器到陶器，从寺庙壁画到青铜器，最显眼的就是左侧的一尊中国佛像，再仔细一看旁边的英文解释，原来这尊佛像出自敦煌莫高窟。再往远处一看，咦，那不是甲骨文吗？原来啊，皇家安大略博物馆中一共收藏着近一万块甲骨文藏品，也是除了中国本土拥有甲骨文藏品最多的博物馆。这时候我就觉得很奇怪，为何万里之外的皇家安大略博物馆会拥有这么多甲骨文藏品呢。我上网查了一番才知道,原来,一个名叫怀履光的外国传教士在中国传教时,因为极其热爱甲骨文文化,便开始搜集甲骨文。后来抗日战争爆发,他动员教会中的朋友们把一大批贵重的文物偷偷地带到了加拿大。

再往里走,迎面是一尊辽代易县罗汉,名字可能听着拗口,但这可是实打实的国宝啊,现如今这世上仅剩下十一尊罗汉像,却没有一尊在中国本土内展出,反而是流落在世界各地的博物馆内。震惊于馆藏中国文物之丰富的同时,我不禁十分心痛,我国这么多精美艺术品,就因为曾经的国力衰弱,辗转流失至他国。

走出博物馆,灼热的阳光燃烧着我的皮肤,我下意识地往阴影中缩了缩。是啊,再明媚的物件,必定会有阴影存在。

我回想着场馆中绝大多数的亚洲文物,不禁一阵心酸。一件件被古人视若珍宝的藏品,陆陆续续都被世界各地列强掳掠瓜分,再堂而皇之地放入自己国家的博物馆中,供世人参观。我中华泱泱大国,数千年的文化积淀,本该庇护这些宝贝免于风雨,却无奈历史的沧桑与不测,终究使之散落各地,研究和参观都必须万里迢迢赶往别国。大英博物馆、卢浮宫、多伦多博物馆……几乎每一个举世闻名的博物馆都收藏着中国独一无二的文物,观之每每让人黯然。

历史存在的意义,在于被铭记。铭记历史,反思国殇,昂首向前,这也许是我们后辈唯一能做的事。

但愿,这些瑰宝都能被善待与珍视,但愿它们的存在能让更多的人了解到中国博大精深的文化!

绚烂终归于平静

作为一个名不虚传的吃货,我的多伦多之行自然少不了令人垂涎欲滴的美食,那是生命得以延续、人生值得奋斗的不竭动力和源泉。早在去多伦多一个月之前,我就做好了完整的攻略,在手机地图上标记了近二十家各种风味的餐馆:粤菜、上海菜、日式料理、韩式火锅、炸鸡等。哈哈,多伦多之旅应是饕餮之旅了。其中两家餐馆的美食,令人回味无穷。

Gyugyuya

我们前往品尝的第一家料理店位于多伦多市中心,名字叫作Gyugyuya,店面不大,却"五脏"俱全。我与母亲参观完博物馆,火辣辣的太阳像炙热的刀锋在我们身上毫不留情地切割一般,于是我们就近选择了这家日本料理店就餐。

一走进门,"嗨!"热情可爱的日本服务生们便大声地与我们打着招呼。正值正午,餐厅中人满为患,幸运的是,还剩下两个位置。我与母亲坐在角落里,我翻看着菜单,并回答着服务生热情地问好。

这家店主打的是日式咖喱饭、牛丼饭和猪排饭。菜单中的菜品并不多,除了主打的饭类外就只有小吃和一些汽水,我点了牛丼饭,母亲点了一碗猪扒饭,另加一份天妇罗。本以为这种小资餐厅上菜一定很慢,没想到,不过几分钟,两碗饭便都上齐了。盛饭的碗盘都十分简单,无非是轻薄的铁盘以及日式风格的塑料碗。虽然装饰简单,但分量很足,牛丼饭铺满了肥牛,肉质新鲜,薄厚适中,使用了上好的雪花肥牛,加上温泉蛋的配合让牛丼饭口感更加丰富和滑嫩。轻轻一搅,所有的食材分布均匀,软软微甜的洋葱在牛肉和米饭之间加上了一层清爽的口感。鲜美的汤底,鲜而不腻,让人闻了都不禁流下了口水。

猪排被切成了大小适中的块状,铺在白米饭上。味道香脆可口,加上特制的酸甜酱汁,再配上鲜美可口的沙拉。肉质的鲜美与汤汁的黏稠搭配在一起,碰撞出恰到好处的甜美"混搭风"。看似简单的餐食,几口下去,满足感却爆表。

"Less is more"这个简单的哲理,竟然在一碗简单的猪排饭上体现得淋漓尽致。

我和母亲两眼放光,飞速地将这顿物美价廉的午餐解决了。透过窗玻璃,看着窗外人来人往的多伦多街道,不禁感叹这个时代发展之迅速,已经不允许大部分年轻人在

绚烂终归于平静

炎炎夏日的正午停下脚步品尝一份日式料理了。赞美多伦多之繁华的同时,也为那些贡献者感到一丝丝的惋惜与心疼,毕竟,要出人头地就必须付出一些常人难以想象的努力。

走出这家小店,满目的高楼大厦似是要将我淹没,直耸入云的大厦玻璃像是现代化与原始的一道屏障,将它们硬生生隔开。钢筋水泥的背后,是什么在操控着这个快节奏的城市?是人还是那一颗颗急功近利的心?于我而言,这样快节奏的生活是一种负担,但同样也是通向更高层次的阶梯;对于年轻人来讲,在这样的大都市中生活、工作,必然能得到各方面的锻炼;但对于中老年人来讲,如此快节奏的生活会疲于奔命,难以适应。生活,无论抉择哪一边都是两难,还是得看个人的追求和目标,想与不想,选择向前还是退后,永远是人生的悖论。

明珠酒楼

明珠酒楼是一家典型的粤式早茶店,独特之处在于它绝佳的地理位置。它位于多伦多市中心的安大略湖港湾边上,可以清清楚楚地看到河畔的景色。因为我们住的威斯汀酒店恰巧就在这家餐厅的旁边,于是母亲带着我和M同学的姥姥一起来到了这家餐厅。

它位于一个开发中的商场二楼。典型的中式装修风格,大厅里播放着邓丽君的歌曲,进入的一刹那以为来到了香港。前台的哥哥帮我们安排了一个靠窗的位置,我们在窗边坐下,一抬头便是极美的湖畔景色。相比之前的日式料理店,明珠酒楼的菜品十分丰富。我们三个人点了一份虾饺、一份干炒牛河、一份扇贝炒西兰花、一份茄子虾仁,还有一些小吃。食物的味道只能算是中规中矩,没有之前的日式料理那么惊艳。但口味很对中国南方人的胃口,没有过多的麻、辣或者酸的口味,清淡中带着一丝甜腻,极具治愈感。

不过比起食物而言,这家早茶餐厅更抓人眼球的是可以欣赏到的沿湖风景。我们吃饭的时间是傍晚五六点,夏天的多伦多要到晚上8点多才会落日,傍晚时分的太阳不如下午的毒辣,多了一丝柔情,却依然能看出那一腔火热,照射在清澈的湖面上,随着风带动起丝丝的涟漪,美好的景致让人食欲大开。

湖畔夜色

饭后,在湖畔漫步。

母亲与姥姥拉着家常,我便一个人来到湖边的甲板上。湖中有许许多多小鸭子在游泳,随着波浪的起伏一上一下地点着头,配上它们憨憨的体形,可爱得无以名状,简直萌化了我的心。

时间已经临近8点，橘红色的太阳渐渐退去，取而代之的是粉嫩的余晖，像极了青春少女娇羞的面庞。湖水也因为光照从清透的翡翠绿色变成了深沉的墨蓝色，像隐藏着什么古老而又不为人知的秘密。不知为何，时间越晚，坐在湖边石阶上的人越多。最美的便是那些姑娘，有的身着吊带牛仔短裤，姣好的身材加上小麦肤色，每一处肌肤都散发着健康的光彩；有些长着亚洲人的面孔，穿着碎花连衣裙，扎着麻花辫，与身边的三两同学一块儿哈哈大笑着；还有的身材瘦削，穿着破洞牛仔衣与超紧身的牛仔裙，大片裸露的肌肤上是粗犷的文身图样。不管何种肤色，不管你来自哪里，不管你的身份阶层，在这里所有的人都能得到平等的对待，自由地享受大自然的恩赐，随心所欲地展示自我，没有探究的眼光，没有居高临下的睥睨，更没有指手画脚的所谓规范。

自由，大抵是幸福的最高境界。

我坐在石阶上，看着粉红色也一点一点褪去，剩下的便是深沉如海洋一般的墨蓝色，渐渐墨染于天际。风徐徐地吹拂着，不但没有海洋的咸涩味，竟然还带着点茉莉的芬芳。人们低声交谈着，远处有音乐响起，年轻人起身跳起舞来，湖畔的酒吧也次第亮起了灯，觥筹交错，欢乐嬉笑声一波波传来。这样慢节奏的生活竟能出现在多伦多这样繁华如浪潮一般的城市，也是一件极为新奇的事情。

而我,更喜欢慢悠悠地行走在海边,吹着凉飕飕的风,看着小情侣们嬉笑打闹——这才是我定义里生活最美好的样子。奋斗固然重要,但更加重要的应该是享受生活的过程,欢乐每一天,这是我努力前行的意义所在。

　　绚烂,终会归于平静。

听声声海浪，数漫天星光，星月大陆穿行记

出乎意料，史无前例的台风"利奇马"来袭。

然而，它并没有阻挡住我们前行的脚步。

顶着17级强台风，从杭州绕城上高速，我们一路驱车驶向上海，狂风暴雨里艰难行驶，经过5个多小时的车程，终于抵达了浦东机场。浦东机场罕见的人迹寥寥，多个航班被迫取消，显示屏上一片红色。我们乘坐的土耳其航空却奇迹般地"存活"着，只是登机时间延迟了5个小时，我们被迫在机场滞留了一晚上。万幸的是，在第二天的凌晨5点钟，飞机从上海起飞，在卡帕多奇亚降落，历时13个小时。

好事总是多磨，美景总是在艰险处。

遇见 神奇的卡帕多奇亚

一走下飞机，一股热浪扑面而来，与南方的湿热不同的是，卡帕多奇亚的热浪中不带一点水分，这样极端干燥的炎热，常常让远道而来的旅客们一开始难以适应。

一踏上卡帕多奇亚的土地，我以为来到了外星球，茫茫戈壁，近乎白色的砂砾遍地，风吹过，连呼吸都有沙子的味道，我还以为自己并不在地球上。

　　经过十个小时的飞行，我们每一个人都很疲惫。然而，兴致勃勃的我们还是马不停蹄地来到了卡帕多奇亚的第一站——精灵烟囱。

　　还未到景点，只见远处有高低起伏像"蘑菇"一样的景观，随着大巴车越驶越近，那些"小蘑菇"逐渐变成了一块块形状各异的巨型石头。这里就是卡帕多奇亚的重要景点之一——精灵烟囱，因为地貌酷似烟囱而被命名。

　　在数百万年前，卡帕多奇亚东西两座海拔超过1000米的火山剧烈喷发，源源不断喷出的岩浆和石块瞬间覆盖了卡帕多奇亚的大地，待到岩浆冷却凝固后，又经过不断的风化、日晒雨淋，以及当地特有的高温热胀冷缩，形成了眼前这片全世界独有的景观。精灵烟囱实际上就是一些特大号的圆锥形岩层，却在大自然的鬼斧神工下焕发出别样的魅力。据说，卡帕多奇亚最接近月球的地貌。

　　风很大，扬起了我的头发，还裹挟着黄沙，脚底下也是寸草不生的砂砾地。我和母亲走在最前面，一步步爬上了其中一座山，被风化后的山岩自然地形成了一个个洞窟，大的可以容纳十几人，小的只能容一人佝偻着背进入。从洞窟望出去，茫茫戈壁上，矗立着一座座形状奇特的小山峰，人迹罕至，壮观得近乎苍凉。母亲"咔嚓"一下按下了快门，为我留下了影像，我的一身红衣为这个漫天黄沙的大自然奇景增添了些许明丽的色彩。

欣赏完"精灵"的世界，我们又来到酒店旁边的一个山谷，这儿名为"鸽子谷"。

进入鸽子谷前，首先映入眼帘的是土耳其人最喜爱的护身符——"蓝眼睛"。"蓝眼睛"密密麻麻地挂满了树枝，用以吸引邪恶之神的注意，使人避开厄运。因为当地人相信佩戴模仿恶魔之眼的蓝色眼妆护身符，可以保护自己，所以在土耳其的纪念品商店里都能看到"蓝眼睛"。

我们到达鸽子谷时已是黄昏，西下夕阳将山谷两侧的山头晕染上一层金黄。对于在鸽子谷生活的当地人来说，不仅鸽子是信使，鸽子粪还是他们种植必需的肥料，也是大地营养的源泉，所以他们开凿了很多小洞窟，以供鸽子栖息，然后收集鸽子的粪便。看着眼前成群的鸽子和漫山遍野的金黄，我不禁再一次感叹自然的瑰丽和神奇。

如果说鸽子谷和精灵烟囱传达的是大自然的美与传奇，那么卡帕多奇亚的地下城和古罗密天然博物馆可谓是将宗教信仰之强大，表现得淋漓尽致。

由于漫长的战争和复杂的宗教背景，无数基督教徒曾经为了躲避追杀，在卡帕多奇亚的地底下挖了一个巨大的地下城，如今被发现的已经有36座。走入地下城后，穿过一条狭长且仅可供一人通过的通道，通道里面十分昏暗，时宽时窄，大部分时间都要蹲着或者匍匐前进。但神奇的是，在这样一个逼仄而又昏暗的地下世界，厨房、起居室、安全要塞、厕所、礼拜室、酿酒坊竟被全部包含，麻雀虽小，五脏俱全。

如此庞大的工程，在几百年之前就已经竣工，而且被使用了许多年，这可谓是匪夷所思。复杂的构造，完备的设施，地下城也不禁引起我的种种联想：这座城耗时多久，运用了多少人力才完成？人们是怎么在里面做饭不被发现的？要是躲避的时间过长，排泄物滋生细菌了怎么办？等等。这些问题的答案早已悄悄地躲在历史的长河中，就等学者们慢慢去揭晓了。

不仅仅是地下城，古罗密天然博物馆也是基督教徒为了躲避追杀所开凿的洞穴教堂群。一间间精美而又古老的教堂，矗立在山坡上隐蔽的洞穴中，昏暗幽深却又暗藏玄机，向后人映射历史的同时也为这荒芜的世界增添了几丝神秘。

在常人难以想象的毅力的支撑下，基督徒用双手创造出了这些造型独特的洞窟。洞窟内画着反映宗教故事的壁画，摆放着基督的雕像……我仿佛看见古时的基督教信徒们，日复一日地用原始的工具在这儿挖掘着，敲打着，烈日当头，热浪滚滚，而他们只是一点一点、一块一块地，用

听声声海浪，数漫天星光，星月大陆穿行记

自己的双手挖凿出这一个又一个避难所。

支撑着他们日复一日不停息挖掘的，便是一种源自内心的力量。这是种神秘的力量，一种在最危险的情形下支撑他们的力量，一种在最严重的困难面前帮助他们获得胜利的力量，一种使人高贵与伟大的力量，这是种独一无二、无以匹敌的力量——信仰的力量。

一望无际的戈壁滩上，目光所及之处，尽是黄土与深浅不一的沟壑。而这片黄土覆盖着的，是一个又一个关乎信仰与自由的秘密，所有的斗争和往事，也许永远随风长逝……

圆梦　迷人的热气球之旅

朦胧地醒来，我看着窗外模糊的月色，意识不清地翻了个身。还没来得及等到再次陷入梦境，母亲就从洗手间走出来，开始叫我起床。我用棉被把自己裹着，伸出一只手掏出手机一看，凌晨4:30，我心中轻叹一口气，便听得母亲说道："快点起床啦，热气球要赶不及了！"听到"热气球"三个字，我"噌"地起身，以光速完成了洗漱，换完衣服，急匆匆地来到了大厅。

卡帕多奇亚作为全世界最适合坐热气球的两个地点之一，其独特的类似月球表面的地理环境，在地球上称得上独一无二。这样得天独厚的条件吸引了一大批游客前来体验,自从在母亲订阅的杂志《孤独星球》上看到过大幅宣传海报后,我便一直心心念念。

乘坐热气球的前一天晚上,我特地上网百度了乘坐热气球的注意事项,看到了许许多多之前的游客拍的照片。人们坐在热气球中,升到600米的高空,身下是卡帕多奇亚壮观的地貌,身后是从云堆里钻出来的初阳,身旁是一个又一个五彩斑斓的大热气球。照片上的人们坐在热气球中,笑着,闹着,传递着独一无二的美好和欢喜。

即便如此,热气球的起飞十分考验天气。下雨不能飞,太阳过大不能飞,风力太大不能飞,风力太小飞不起来。所以有很多旅客万里迢迢专程赶到卡帕多奇亚乘坐热气球,却没有起飞成功,甚至有些时候因为连续刮风,有可能整个行程下来都不能坐上热气球。幸运的是,我们恰好碰上了一个绝佳的天气。

来到卡帕多奇亚的第二天早晨,我们驱车前往一个大旷野,月亮还高高挂在空中,凌晨的风呼呼地吹着,我裹紧衣服,但刺骨的寒风还是一个劲儿地往我衣服里灌。我看着当地的大叔正在为一个巨大的热气球充气,见证着它从原来瘪着瘫倒在地上的一堆"破布",渐渐变成了一个圆滚滚立着的大气球。当地的导游怕我们挨饿,还贴心地准备了饼干零食和热茶,热情地用蹩脚的中文招呼我们:"喝茶!"胡子拉碴的脸上满是温暖的笑容。几口热茶下肚,手心渐渐温暖起来,似乎已经做好了充足的准备,可以搭乘热气球了。

一个热气球可以坐15人左右,热气球下面载人的篮筐很高,需要架一个小梯子才能爬进去。跳进去之后,篮筐最中间会站着一个当地人,他会不停地操作工具向热气球喷火,以获取动力让大气球飞起来。慢慢地,我感受到热气球正在缓缓地离开地面,奔向天空。底下的一切都变得渺小了起来,正在挥手的大叔、络绎不绝的旅游大巴车和远处层层叠叠的山脉渐渐消失。

"这片高原,有着绝佳的景色及最适合热气球飞行的条件,"当地导游介绍说,"这里的表面覆盖着岩石和山谷,随着早上的朝阳,看着如同外太空一般的奇异景色,会有让游客置身于月球的感觉。"我一边听他说着一边四处观望,眼前尽是苍绿色的山丘,各色热气球当仁不让成了主角,有的蛰伏于地表,伺机待发;有几个飞得很高,高到仅剩一个小点;还有的热气球飞得很低,像是擦着地,偶尔还会越过一两幢小小的洞穴房屋。

正当我欣赏着远处的景色时,突然有人惊呼:"啊,太阳出来了!"我急忙转身,一道夺目的光芒正从天空最东边的天际冉冉升起,金黄温暖的阳光洒向这片大地,为贫瘠荒凉的大地添了几分生机与活力。我急忙掏出手机,摄下这惊人的一刻。太阳升起的速度十分迅速,不过短短几分钟,就飞升到天空,阳光毫不悭吝地普照着大地,照着我们,风吹过来,也带着温暖的阳光的味道,身上也暖和了许多。初阳由一种朦胧的美感,逐渐演变成一种令人难以忘怀的摄人心魂的壮丽。

50分钟的飞行时间很快就结束了,不一会儿我们便慢慢降落了。在一片空旷大地上,停着一辆大卡车,后面是长长的平板,热气球缓缓地停落于平板上,我们走下了热气球。走在齐膝高的浓密的青草上,仿佛走在天堂的地毯上一样不真实。

"现在我也是飞过一次的人了。"我沾沾自喜地想着,蹦蹦跳跳地走下了热气球,脚踏实地地走了好一段,我才终于平息了自己激动的心情。直到现在想起这段经历,都像是做梦一样。按照惯例,驾驶热气球的大叔开了一瓶不含酒精的香槟进行庆祝,还为我们每一个人颁发了乘坐热气球的证书。小抿一口香槟,看着手中的"结业证书",一股巨大的成就感油然而生。

太阳越升越高,随之而来渐渐升高的是这片土地的温度,站在土地上的我,觉得自己仿佛是一个凯旋的战士,被膜拜被讴歌被敬仰,哈哈,虽然是错觉,但是这一份自豪感会永存心底。

热气球作为土耳其旅程中不可分割的部分，带给我的体验是震撼的。安静地站在热气球上欣赏一次唯美的日出，身后是层层的山峦，脚下晨雾弥漫，眼前初阳萌生，耳畔是一片欢呼声，浪漫的气氛笼罩在整个卡帕多奇亚上空。

小的时候，母亲陪我看迪士尼电影《飞屋环游记》，觉得实在太好玩了，一直梦想着有一天也能在我们家屋顶安上一个热气球，充上气，"呼啦"一声就升上去了；遨游蓝天，自由自在。这个梦想，在我十五岁的那年，终于实现了。

梦想就像热气球，只要有了热情就不会跌坠。心怀梦想的人们，努力奔跑，终于登上了热气球。站在热气球上的一刹那，世界尽收眼底，未来也璀璨无比。

狂野　惊喜的玫瑰谷日落

日落，黄昏。

此情此景，在王勃眼中，是宁静致远的"落霞与孤鹜齐飞，秋水共长天一色"，在朱自清眼中是看淡一切的"但得夕阳无限好，何须惆怅近黄昏"，在杜甫眼中是清新明丽的"夕阳薰细草，江色映疏帘"。而在我眼里，则是豪情万丈的"黄沙袭车窗，余晖撩我发"。

黄沙漫天，峰回路转的玫瑰谷卡丁车追逐日落，真是一场狂野之旅。

卡帕多奇亚共有四个峡谷——玫瑰峡谷、鸽子峡谷、白色峡谷和爱情峡谷，要观赏这些壮观的峡谷景色，可以选择乘热气球从空中俯视，也可以从峡谷的悬崖上远眺，但是更好的观赏方式是乘坐吉普车纵情穿越。

导游推荐我们坐上路虎吉普车，在夕阳西下时，飞速穿越玫瑰谷，总时长约100分钟，中途会在4个定点让我们下车拍照、欣赏玫瑰谷的景色。一辆吉普车中最多能坐4名游客，由1名当地的大哥开车，带我们游览玫瑰谷的无敌美景。我们乘坐的吉普车的司机是一名体格健壮、留着胡子、皮肤黝黑的大叔。他着黑色T恤、深色牛仔裤，戴着宽大的墨镜，特别帅，就像在大片里看到的男主一样洒脱不羁。在我们上车的时候，他还十分绅士地为我们打开车门，一边开门，还一边嘱咐我们系好安全带，抓紧把手。吉普车内空间很大，我坐在副驾驶上，眼前的景色一览无余。

司机检查好安全带之后，我们便出发了，作为打头阵的吉普车，刺激指数直线飙升。司机大叔踩下油门，一只手熟练地打开车载音响，狂野而又具有节奏感的音乐迸发而出。伴随着音乐的鼓点声，我们开启了玫瑰谷日落之行。

我们先是穿越了大半个卡帕多奇亚市区，然后一拐弯,突然加速拐进了一条小路,小路之后,便是茫茫的大草原。司机大叔再一次踩下了油门,滚滚的沙尘在我们身后翻腾,车子颠簸得厉害,我不得不攥紧头顶的把手,尽管如此,我的身体还是在大幅度地上下晃动着,好几次头顶都险些撞到车子顶部的栏杆。在如此刺激的处境中,我也不忘欣赏窗外的景色。左右近处是长及膝盖的枯草,稍远一些是造型古怪的石柱群,最远处则是重重的大山,一道一道,像防线一般,保卫着整个卡帕多奇亚。

突然一个急刹车,司机大叔掉转车头,将车急速往后倒去。"啊,后面是悬崖啊!"母亲大声地惊呼起来,她一路上已经被车子颠得惊魂不定了,这下完全吓晕了。"咔"一声,司机把车子停在了一个悬崖边,动作麻利地跳下车,并帮我们拉开了车门。我们战战兢兢地从车里出来,车门后就是万丈悬崖。

然而,我完完全全被眼前壮观的景色所震撼到了。高原荒凉贫瘠,几乎寸草不生,灰白色的大地苍茫无垠,从我们这一头遥望对面的石柱群,就仿佛遥望着距离我们4亿公里之远的火星一般。似是海市蜃楼,但那些笋状石柱又是实实在在地立在那儿,我突然涌起了恍若隔世之感。

此刻,太阳还没下山,司机大哥便大声地鼓励我们站到吉普车顶端,去拍照留念。我丝毫没有胆怯,一蹬腿,便登上了吉普车车顶,站在车顶上环视一周,像是身处外太空一般。深深浅浅的土色包围着我，像是踏入了一个没有丝毫绿意的世界，这粗犷的土地仿佛给了我万丈豪情。

不久，我们便再一次出发了，穿行在玫瑰谷深处，追逐日落。司机大哥为了寻求刺激，开着车带领我们飞跃过高坡，在山前急转，快速冲下陡坡……十八般武艺都使了出来，第一次这样越野，我觉得特别好玩儿，而母亲却非常紧张，紧闭着眼睛，手紧紧地抓着车把，不出一声。

一会儿，我们又到了另一处下车观赏的地点，太阳即将落山，一片橙金色的光芒照射在峡谷的侧壁上，呈现出一片玫瑰色的耀眼光芒，想必这就是"玫瑰谷"这个名字的由来吧。如此这般奇异、荒凉，却又无比壮丽的奇特景色，也只有在卡帕多奇亚得以一窥。前方，有一座小山，我和两个大哥哥快速地爬上了那座小山。坐在山顶突起的石块上。风猛烈了起来，吹得我睁不开眼睛，依稀之中，我看到远处那轮红日以肉眼可以分辨的速度，在逐渐下沉，再下沉，橙色的光芒逐渐变为热烈的赤红色，弥漫在整个卡帕多奇亚大地上，原本土色的世界像被鲜血染红了一般，显得越发凄美。

旅程结束后，所有的司机聚集在一起，开启两瓶不含酒精的香槟进行庆祝，他们脸上满满都是沧桑的痕迹，那是命运对他们的锤炼。但同样高扬在他们脸上的，还有那不可磨灭的笑意。那是一种爽快而清冽的笑,疲惫中满含幸福;像极了卡帕多奇亚这片土地,虽然贫瘠且荒凉,但有勤勤恳恳的人们和举世难得一见的奇异景观,也许这便是生活的意义

俗话说:天下熙熙,皆为利来;天下攘攘,皆为利往。世人总是忙于谋生,忙于谋取利益和地位。但他们总是忘了去发现生活中的美好与甜蜜。谋生也谋爱,苦中作乐,才是人生必不可少的乐观心态。

冒险　惊险的费特希耶滑翔

土耳其有许多值得体验的项目,譬如在清晨乘坐热气球,看一轮红日从大地升起时的壮美,在外星般的地貌的峡谷里来一场徒步冒险,抑或是乘坐吉普车飞驰在辽阔的旷野上,目送着夕阳温柔地徐徐落下。

然而,我最想推荐的,也是最刺激的一个项目是去费特希耶滑翔。

费特希耶是土耳其南部的一个著名古镇,滑翔伞基地就在费特希耶东南15公里处。这里是一片带有广阔的海滩和绿松林的地中海海岸,海岸线漫长而曲折,绵延的海岸线迂回成了一个大回转的海湾,海面波澜不惊,平和而静谧,是地中海西部的天堂。这里的海滩也被誉为世界上最让人心动的海滩,前来度假和体验滑翔的人络绎不绝。

早已听说过这个世界著名的滑翔基地，一直心向往之。于是当导游姐姐询问大家要不要自费参加时，我便动了心。毕竟，这可是不可多得的机会。"去还是不去？"经过几秒钟短暂的思考，我便欣然报了名。

第二天清晨，太阳刚升起，我们便出发了。每个人在滑翔的时候都会配备一个当地受过专业训练的飞行员，这些飞行员会跟我们一起上山，然后再带着我们滑翔。

从山脚到山顶的路途遥远，一上车，司机大叔就开始播放起动感十足的音乐，一边听着音乐还一边摇头晃脑地唱着Rap，整车人都被一种欢乐的气氛感染了，大家都兴奋了起来。跟随着我们的一共有7名飞行员，每个人的飞行员是由抽签决定的。坐在我前面的飞行员用一个手机App制作了一个抽签器，每个人只要点一下就可以了。当手机传给我时，我有一丝紧张，但更多的是兴奋。我随便一点，抽到了一个长着胡子、笑容和蔼的大叔。他朝我一笑，我也朝他打了个招呼。

不一会儿，车程已经过半，我们越过了云层，在山腰上沿着盘山公路行驶。与其说那是盘山公路，不如说那是被车子压出来的土路，道路十分狭窄，两边也没有栏杆防护。我看看右手边的峭壁、左手边的悬崖，还有那万丈深渊，连我这样"胆大包天"的人都有点紧张，幸亏母亲没有来，否则她真的会中途下车啊。

就在我这么之时，车子缓缓停下，我们已然到达了山顶。我迫不及待地下车，深深地吸一口清冽的空气，尽情欣赏起山巅的风景，远处是密密的云层，像飘浮在风中的棉花糖。一个巨大的斜坡布满了大大小小的砂砾，一片土灰色，像一堵巨大的倾颓的水泥墙，挡住了山下的景致。

我还来不及思考，我的飞行指导员就开始调试手中的自拍杆，一边调试还一边帮我穿戴好装备和安全帽，对我说待会儿还有一个人帮忙拉开滑翔伞，我只要听他的口令往前跑就好了。"往前跑？前面就是悬崖，这样冲出悬崖好可怕啊！"我虽没喊出来，但这的的确确是我心中所担心的。飞行员仿佛看穿了我的内心，大声对我说："别怕！很稳很安全！我就在你的身后，要相信我！"虽然艳阳高照，山上风很大，还是凉飕飕的，我使劲跳了几下，好让身体暖和一点，调整了一下呼吸，尽量让自己不那么紧张。大概2分钟后，另一个飞行员扯着我，大声命令道："跑！"我一咬牙，顾不得那么多了，只知道这个时候应该往前冲，一直冲。

刚冲出悬崖，就一瞬间的工夫，我感到一股平稳的力量将我拉了起来，抬头一看，蓝绿色的滑翔伞已经张开，哇，我竟然已经飞起来了！

如果说滑翔伞未打开之前心中还有一丝害怕，那么翱翔于天空之时，我感受到的只有刺激与兴奋。透过云层，我看到在很远的地方，坐落着一个小村庄，层层绿树包围着中间的两三户砖红色人家，房子的一旁是大大的牧场，其中有零星的几点白色和土色，想必那就是人们驯养的牛和马吧。高空中温度很低，风也呼啸阵阵，我能感受到眼睛中有液体不受控制地流出。飞行员大叔拿出一个自拍杆，开始了360度无死角地拍照、录视频，我配合着他做着各式各样的动作。

　　不一会儿，我们便穿过了厚厚的云层，我也终于看到了梦寐以求的地中海，从2000米的高度俯瞰地球，一切都是那么的宁静而美丽。连绵不断的群山构成了静止的海浪，似乎是绿色的海洋或是无际的森林。它们包围着海洋，又守护着海洋，造型各异的小岛镶嵌其中，仿若硕大无比的贝壳中璀璨无比的珍珠。正当我欣赏着海岸的景色，身后的飞行员突然从包中掏出一面中国国旗，递给我，并示意我打开它。我拎住国旗的两个角，风鼓舞着国旗，一抹鲜艳的红色在空中舞蹈着。听着猎猎风声，看着代表着祖国的一抹鲜艳的红，自豪感从心底汹涌而出。

　　不知不觉中，40分钟过去了，我们平稳地降落在了沙滩旁的草坪上，飞行员帮我卸下装备，再次对我报以灿烂的微笑，并竖起大拇指夸赞我："Good job！"

　　时至今日，回想起那天遨游在2000米高空的情景，我都会有一种不真实的感觉，仿佛只出现在梦境一般。从小便向往飞翔的我,在这次旅行中终于"闯关"成功。滑翔在2000米的高空,飞翔在云层之中,仿佛背后生出了一对巨大的翅膀,轻盈如小鸟一般,在云端穿梭,整个人变得轻盈自在,享受着被空气向上托举着的快感,还有沐浴在阳光之下静静感受暖意一点一点蔓延全身的感觉,目之所及欣赏到的景色更是他处无以匹敌的。

那伟大的40分钟会永远镌刻在我脑海深处,也许十几二十年过去了,再回想起来,也会是一段独特的回忆,那必将是我人生珍贵的宝藏之一。

对陌生事物的恐惧,来源于人类意识的直接反应,没有尝试过,这种恐惧又在想象中被无限扩大了,真正体验过后反而觉得也没有这么可怕了。生活中也一样,当我们面对新生事物的时候,常常会自然而然地产生抗拒之感。然而,真正实践和体验之后,其实也没有那么不可接受或者苦难重重。想要打破这种恐惧,想要更加勇敢地为自己赢得力量,只有不断地挑战自己!

震撼　浪漫的白色棉花堡

说起土耳其神奇的自然景观,但凡有所了解的人首先会想到的应数棉花堡和卡帕多奇亚。如果说卡帕多奇亚独特的地貌是造物主鬼斧神工的杰作,那么,棉花堡就是上帝对土耳其的钟爱与馈赠,美国国家地理频道曾把棉花堡评为"一生不得不去的50个全球奇景之一"。

棉花堡，土耳其人称之为"帕木卡莱"，即"棉花城堡"。土耳其文Pamuk表示棉花，Kale表示城堡，所以Pamukkale就叫棉花堡。棉花堡的形成原因，其实是以碳酸钙为主要成分的"钙化"。雨水渗入地下后，由于地壳运动频繁，经过漫长的时间又以温泉的形式涌出，大量石灰质一路沉积，久而久之便形成了阶梯状的钙化堤。与科学严谨的描述相比，我更愿意相信当地导游阿凯讲述的美丽传说：据说，牧羊人安迪密恩为了和希腊月神瑟莉妮幽会，竟然忘记了挤羊奶，导致羊奶肆意流淌，覆盖了整个山丘。这就是棉花堡的由来。由此，许多人还将棉花堡称为"上帝打翻的牛奶瓶"。一次幽会造成的失职，竟然造就了一个世界奇迹，这样浪漫的举动可以再来一千打。

还未走到棉花堡前，我便看见远处人头攒动，也难怪，世界各地的人都渴望能来棉花堡一睹这罕见的世界奇观。继续往前走，可以看到不同肤色、不同性别的人身着泳衣走来走去。原来啊，棉花堡还是泡温泉的一大宝地，每天都有络绎不绝的游客和当地人来到这里享受纯天然的矿物质温泉，全身心放松，与自然融为一体。

不一会儿，我们便来到了棉花堡面前，波光粼粼的湖水旁，盛开着大片鲜艳的夹竹桃，举目远眺，远处是层层叠叠的山脉，正对着我们的不远处，耸立着一座壮观的纯白色的崖壁,仿佛上万斤棉花堆叠在一起,又像云朵一样软绵绵地纠缠在一起,还像远古时代神秘公主的白色城堡,浑身散发着温润高贵的气息。

穿过一大片古城遗址,棉花堡终于完完全全呈现于我们眼前了,乳白色的山体镶嵌在黝黑的群山之间,在正午的阳光下闪着白光,特别耀眼。泉水从山顶汩汩流下,形成了一个个蓝色的小水洼,白色的池底,蓝色的水,特别惊艳,仿佛置身于地中海一般。远远看去像层层叠叠的梯田,只是这里是世界上唯一专供沐浴不耕作的白色梯田,而在一个个小池里盛满了湛蓝色的希望之光。

棉花堡,长2500米,宽500米,而钙质每生长1厘米需要1000年,这么大规模的棉花堡的形成花了好几百万年的时间。为了保护古迹,当地政府严格规定,凡进入棉花堡的游客必须赤脚,以防鞋底磨损或污染景区的石灰质。我们脱掉鞋子和袜子,小心翼翼地踩上棉花堡的岩石。"嗷!好痛!"我不禁轻唤出了声。这棉花堡看着像软绵绵的棉花,实则是由坚硬的岩石构成的,上面还有长年累月被温泉水冲刷出的沟壑和尖刺,一脚踩上去,别提有多痛苦了,只得忍着,小心翼翼地踮着脚,在棉花堡白色石灰质上蹑行。

整个棉花堡开放的区域呈一个下降的阶梯状,像是被放大的台阶一般,一层一层向下。每一层都有无数人在嬉戏、泡温泉、拍照……每一个都在用不同的方式,试图触摸岩石的脉搏,试图记住这个地方,甚至尝试着成为这里的一部分。周遭人来人往,但是每个人似乎都被这美景震到了,也无法用任何一种语言来形容棉花堡的美丽,每个人的脸上都只有一种表情,洋溢着无比灿烂的微笑。

艰难行走了将近3分钟,我们终于来到了第一个温泉所在处。我兴奋地伸出一只脚,试了试水温。"哇,好舒服呀!"一边说着,一边把另一只脚也伸进了温泉,那是一种由下至上的暖意。不会让人热得透不过气来,但又能让每一个体验过的人由内至外地温暖起来。

继续往下行走,每一层岩石都有它的独特之处:有些地方的岩石有着大幅度的波状起伏,像极了天空中的云朵;有些地方的岩石滑溜溜的,光滑得就像滑溜的肥皂一般;还有的岩石锋利、细小还凹凸不平,似是特意为游客设置的关卡。这时我才注意到,在阶梯的旁边还有一条水流湍急的小溪,两边高出,形成了一个凹槽,于是便有许多人坐在高起的一侧,将脚放在小溪中,那便是纯天然的水流SPA了。还有一些会玩的外国人整个人都躺在小溪里,享受大自然带来的全身按摩。我瞧着有趣,便也将脚伸入了水流之中,恰到好处的力度以及柔中带刚的力量,完全不比五星级酒店中的SPA服务逊色。

坐在小溪旁,我环视四周,不禁惊叹于大自然的鬼斧

听声声海浪,数漫天星光,星月大陆穿行记

神工,如此浩大的工程,即使放在现代,人力也无法完成,却于几千年前在大自然这个神奇又伟大的催化剂作用下形成了。我不由得再一次惊叹于自然造化、亘古不变的生生息息的永恒。

从上往下看,棉花堡像极了一个镜面梯田,蓝幽幽的温泉配上雪白的岩石,俨然是童话仙境。从下往上看,则像是堆叠的雪山,零星几处点缀着一些泛着蓝宝石光泽的蓝色湖泊,别提多美了。

棉花堡景区其实包括棉花堡和与其毗邻的希拉波里斯古城遗址,古城由公元前2世纪帕加马王朝所建。沿着后山石灰小径一路上行,还有大浴场、街道、大剧场和古坟场等残垣断壁,仿佛希腊时期的多里克石柱依然立于街道两旁,继续吟唱着古罗马岁月的光荣之歌。

里面还有一座占地面积很大的露天圆形剧场——海尔保利大剧场,由于顺山势挖掘,保存相对完好,从高空看像是在地上挖了一个大坑,整体宏伟壮观,可容纳约15000名观众。那时的剧场都是集竞技场和歌舞剧场于一体,在漫长的古罗马时代非常流行,我们随便找个位置坐一坐,一晃神就是千百年的岁月变迁。

土耳其旅行的诱惑绝对不只是有让你叹为观止的神奇自然美景,换一个视角,有些看似凄凉的残垣断壁,也同样让你魂牵梦萦、流连忘返,突然产生一种奇妙的时空穿越感,让人不由得慨叹人类的渺小。

铭记　无数的文化古迹

自古以来,土耳其因其十分复杂的宗教文化背景以及横跨两大洲的地理优势,孕育了世界上独一无二的文化瑰宝。在旅程的最后一天,我们在伊斯坦布尔拜访了四处历史馈赠给我们的遗迹,每一处都是美得独特、令人深思且壮丽无比的宝藏。

首先,我们参观了闻名已久的蓝色清真寺。蓝色清真寺又称为苏丹艾哈迈德清真寺,建于1609年,是全世界唯一拥有六根宣礼塔的清真寺,被称为世界十大奇景之一。在此之前只有麦加的清真寺有六根尖塔,而年少轻狂的奥斯曼帝国皇帝建造的这座清真寺,竟然超越了麦加大清真寺,这在整个伊斯兰世界引发了轩然大波。皇帝又不愿拆去其中任何一根,因为这样会破坏这座伟大建筑的完美性,于是决定出资将麦加的大清真寺宣礼塔加到七根以显示其至高无上的地位。

蓝色清真寺由大理石叠建而成,没有使用一个钉子,寺内墙壁镶有蓝色瓷砖,使整个内殿蓝光熠熠——因此又被称为蓝色清真寺。祈祷区内铺满了当年伊索匹亚朝贡给奥斯曼帝国的地毯。线条简洁的吊灯悬垂在半空中,流光溢彩令人目眩神迷。寺内墙壁使用了蓝、白两色的瓷砖作为装饰,瓷砖是以白色为底的蓝彩釉贴瓷,上面刻着丰富的花纹和图案。透过彩色玻璃射入的光线,反射在蓝色瓷砖上,使得整个清真寺内散发出一种奇幻迷离的色彩。

位于蓝色清真寺和托普卡帕宫之间的是圣索菲亚大教堂,它被誉为"拜占庭建筑的最高杰作",因为在漫长的历史长河中,这座建筑见证了土耳其的历史,也处处体现出两种不同宗教的文化痕迹。

"这是一座土耳其著名的历史建筑,"当地导游叔叔介绍道,"始建于公元325年。而后经过战乱损坏和一系列重建扩建,才形成了今天的圣索菲亚大教堂的面貌。它代表了拜占庭文化的典范,大教堂内的马赛克壁画可以让你了解当时的历史,领略拜占庭艺术之美。"走进去之后,有些地方仍在维修,我抬头一望,那宏伟壮丽的穹顶,似是布下了天罗地网般把我们死死地囚禁在里头。

圣索菲亚大教堂在537年完工,一共有两层,在当时是世界上最宏伟的基督教教堂。它在1453年被改为了清真寺,所以整体的风格融合了伊斯兰教和基督教的宗教特征。改造时,因为无法大规模地拆毁再重建,所以只是在原有的基础上,将一些基督教特征明显的部分改成了伊斯兰教的特色。随着岁月流逝,马赛克剥落了,油漆褪色了,建筑装饰风化了,圣母怀抱着圣子的图像,奇迹般地出现在这座宏大的清真寺中,《圣经》里的文字和《古兰经》的文字,同时出现在一面墙壁上。虽然,不同信仰者之间总是冲突不断,甚至有无数屠杀和迫害,但像这样两种完全不同的宗教文化,协调统一地处在同一所世界著名的教堂里,却绝无仅有,这种宽容的态度耐人寻味。

离圣索菲亚大教堂不远的地方便是地下水宫,地下水宫长140米,宽70米,被誉为世界上独一无二的景点。顺着石梯往下走,仿佛进入了另一个世界,336根高9米的粗大科林斯式石柱支撑着巨大的砖制拱顶,湿滑的石板路旁伫立着昏暗的路灯,营造出一种神秘而朦胧的氛围。正是因为地下水宫的独特性,有许多电影大片在这儿取景,比如好莱坞电影《007在伊斯坦布尔》和成龙的《特务迷城》。

这时,耳边突然传来一阵诡异的音乐,随之而来的还有水珠掉落水面的叮咚声,伴随着毛骨悚然的背景音乐,令人寒意顿生。在这地下水宫之中,依然保留着三个巨大的石柱,在石柱的底端,是一个倒置的美杜莎的头颅。在希腊神话中美杜莎是海神的女儿,因美貌被雅典娜妒忌,将其头发变成蛇形,其目光所到之处人变成石雕。后来宙斯之子将美杜莎头颅割下,示于敌人前,敌人皆变成了石雕。所以将美杜莎囚禁于地下水宫之中,也有辟邪之意。

走出地下水宫之后继续往前走,在博斯普鲁斯海峡与金角湾及马尔马拉海的交汇点上,有一座金碧辉煌的建筑,这就是15世纪到19世纪奥斯曼帝国的中心——托普卡普皇宫。这是一个如迷宫般豪华至极的地方，也是当年苏丹们办公的地方。在这里还收藏着许许多多古时苏丹统治伊斯坦布尔时遗留下来的武器、器皿、衣服等。于是后人便将这座皇宫改造成了一个博物馆，供世界各地来访的人们游览。

作为一名实打实的吃货，旅行的时候怎能没有美食相伴？早在出发之前，我就听说土耳其的食物很难适应，口味也很奇怪，为此母亲还特意带了一大箱零食。然而体验了才知道，也没有那么糟糕嘛。让我记忆最深刻的两大美食是超长比萨和烤肉。超长比萨有多长呢，目测有接近2米的长度，放在长桌的中央，让游客们自取。我拿起小小一片尝了尝，和国内的比萨有着很大的区别，国内的比萨饼皮较厚，但是这儿的比萨饼皮很薄很脆，一口咬下去，料不多，但搭配上当地调料的辛辣味觉，有一种身处沙漠的情景感。另一大美食呢，便是烤肉。这里的人吃烤肉，都直接用面饼包着番茄、青椒、洋葱和烤肉一起吃。一开始我觉得很荒诞，怎么能直接用手呢，可当我在母亲的鼓励下尝试了一次之后，青椒的微辣，番茄的酸甜，面饼的厚实，加上烤肉的鲜美，感觉这几种味道混合在一起的味觉体验真是棒呆了。不仅仅是美食，还有一路上同行的伙伴。因为我们团是全国一起招募的团队，所以旅行团中的成员来自全国各地，相遇即是缘，在旅行的过程中，人们互相帮助，一起参与活动，轻松地开玩笑，一起享受着旅行的乐趣。

历史就如同一条源源不断的长河，每流过一处地方，便会在那儿留下独特的印记。也许是记载文明的书籍，也许是延续文明的信仰，也许是承载文明的建筑。不管是哪一种，都值得人们去守护、保管和传承。我们何其幸运，能在如今的太平盛世欣赏到这样美好又多元、神秘又别具一格的绚丽文化，在赞叹古人智慧的同时，也引发了我们对世界宏大文化背景的深入思考。

傲然 阿尔卑斯山的雪

初次接触到"阿尔卑斯"这个名字,是那种叫阿尔卑斯的硬糖,螺旋形的纹路,最喜欢那甜甜的、丝滑的口感,小时候常常被母亲作为奖品奖给我,而我总是迫不及待地撕开那颗小小的硬糖千篇一律的包装,塞进嘴里,响亮地嚼起来,仿佛要让全世界都知道一般的傲然。

而真正踏上阿尔卑斯山,是在十年之后的今年暑假,浩浩荡荡的一群人,乘着红皮火车,缓慢地登上了阿尔卑斯山的最高峰——少女峰。渐渐地,我有些轻微高反,靠在火车愈来愈冰冷的玻璃上,望着窗外的那一片苍白抑或是翠绿交织在一起的样子。突然有一种"归来"的感觉,不像是一名游客,反倒是如同一个回归家乡的游子。

登上了最高峰,穿上了厚棉袄的我,看着眼前无法直视的刺眼的白,有种孤独的感觉。从前不知在哪看到这样一句话:孤独,是一个人的狂欢;狂欢,是一群人的孤独。看着眼前吞噬掉那大片苍翠的雪白,我突然想到遥远的一个梦境。

依稀记得那是一个噩梦。

天边有一架沉重的起重机,天天起起落落,摇摇晃晃地不知在搬些什么,发出一声又一声沉重的叹息。

　　我站在远处一块不大不小的空地上,看着起重机长长的手臂切割着这座城市的每一寸黄昏,起重机声声的喘息仿佛在向这个世界宣告着什么,我不得而知,突如其来的衰败感,无力感又淹没了我……

　　就如同我登上少女峰顶时一般。

　　纷纷扬扬的雪末儿遮蔽住我的视线,我躺在地上,那刺骨的冰冷仿佛将要蚀骨而入,侵略我的每一根血管与神经,在我的地盘,大声地宣告着它的主权,而我,什么都没法做。我以一个局外人的眼光与身份,看着它侵入我的体内,占领我体内的一切,寄居在那儿。

　　思绪回来。这雪,似是能让我想到许多东西,许多我无法拥有却极端渴望的东西。那东西是模糊的,我甚至无法描述一个大概。但我知道,这东西是我体内最原始的欲望。这儿的雪像一面明晃晃的镜子,照出我内心最真实的想法;又像一把刀,剖开我的心脏,掏出血淋淋的一瓣,用放大镜审视。

　　我睁开眼,雪几乎要将我掩埋,眼前壮阔的大雪并没有像许多小说里那样纷纷扬扬地下下来,而是以一种静态的方式,呈现以美、以壮观、以全面的思维。

　　阿尔卑斯山上的雪,勾起我许许多多回忆,它就像高山上一身白衣的神,一旦接触它,你的真实面目便会如同剥壳一般被剔出来,而这,与成都的生命烟火气息是完全不同的。

即便这样,我仍然爱上了。

爱成都那股倔强劲儿,也爱阿尔卑斯山上皑皑白雪的这股清冷。

读书心得

如果没有你

也许尊重是我外在的衣裳，

坚强是我的武器，

接受让我跨越一切的苦难、情殇。

没有一个选择能让人遗忘，

那一幕幕过往，

在走过的路上，

处处留香。

——摘自知乎

我近期重读了《呼啸山庄》和《简·爱》。

如果说《简·爱》是一本写给少女的恋爱指南和成长宝典，那么《呼啸山庄》就是写给每一个爱而不得的人。

关于勃朗特姐妹

勃朗特家庭是一个天才的家庭，虽然她们出身贫寒且父母均在他们年幼时过世。但姐妹三人和弟弟勃兰威尔都具有非凡的文学才能。于是乎，在姐弟四人相继过世后,这个不幸的家庭显得格外凄苦、神秘,但他们也成了英国文坛的璀璨之星。

相比于艾米莉直抒胸臆、情感浓烈到有点阴郁的文风,我更加喜欢夏洛蒂明快欢乐的文风,读之使人备受鼓舞。

"任何的文学创作都来源于生活,又高于生活。"《简·爱》中大量的见闻都和夏洛蒂·勃朗特的生平经历息息相关,而《简·爱》不仅能让我们了解到夏洛蒂的生活,还能透过文字看出她的性格、她的坚强、她憧憬的生活和她所向往的爱情。她的两个妹妹在两年内先后离世,让夏洛蒂更加看清了世界的苍凉。五岁时母亲的离世,寄宿学校的简陋,老师不公正的苛刻对待,周围的嘲笑与谩骂,都让夏洛蒂更加坚强。

残酷的生活让夏洛蒂过早地成熟了,她冷峻地意识到,即使这个世界不爱你,你也要好好去爱自己。越是孤独,越是没有支持,越是没有朋友、家人,就越是要爱自己、尊重自己。"如果说世界上只有一个人还爱着自己,还支持着自己,还鼓励自己,那么这个人一定是自己。"

这同样也是夏洛特笔下的简·爱灵魂所在——即使生活残酷,也依旧要对生活充满热情。

但从字里行间我也能感受到这个坚强的女孩心里柔弱的渴望被人保护的一面。而且这一方温柔十分脆弱,她只是缺少一个可以安静依靠的肩膀、一个可以安全栖息的港湾，而正是因为缺少这些，她们才不得不坚强，逼着自己成长。

她所有的作品，都顽强地表现出了同一个主题——那就是女性要求独立自主的强烈愿望，而将女性的呼声作为小说主题，在她之前的英国文学史上是不曾有过的，她是表现这一主题的第一人。

再来看妹妹艾米莉。生活的苦难和在家中不被重视的地位使她的性格变得孤僻和冷傲，殊不知，她内心深处的那一方炽热的土地，却早就像熊熊燃烧的烈火。她并没有度过一个和平美满的人生，也找不到一件具体的事物去抒发自己的不满与压抑。直到她遇见了创作，她将自己的情感寄托于作品中，将自己对这个世界的怨恨塞进小说中构建的世界，将自己的憧憬、希望、哀伤，都寄托在主人公身上。

所以我们不得不承认，希斯克利夫身上，有艾米莉的影子。艾米莉生性独立、纯真刚毅，颇有男儿气概，平素在荒原离群索居，除去手足情谊，最喜与大自然为友。虽说希斯克利夫是一个男人，但他的自卑、渺小、敏感却与艾米莉如此吻合。以小说为载体，以希斯克利夫为工具，艾米莉做她在现实生活中所不能做的、想她在现实生活中所不能想的。

艾米莉构建了呼啸山庄这样一个荒凉野蛮没有文明的世界，找到了一个合理的宣泄口，那就是创作，她将自己的灵魂置于作品中。希斯克利夫就是艾米莉的灵魂，在思维的旷野中都能无拘无束地展开。

关于《简·爱》

你以为我会无足轻重地留在这里吗？你以为我是一架没有感情的机器人吗？你以为我贫穷、低微、不美、渺小，我就没有灵魂，没有心吗？你想错了，我和你有一样多的灵魂，一样充实的心。

——《简·爱》

冲一壶热茶，喝一口清香，看着墨绿色的茶叶在水中沉沉浮浮，氤氲的雾气模糊了我的视线，却令脑海中那个坚毅女性的皎洁面容更加清晰。

对于当时的我而言，《简·爱》对我的影响是巨大的。第一次阅读《简·爱》，是六年级的时候。很多书中的女主角都是外貌姣好、身材苗条的，只有美丽的女人才有精彩的人生——这可能是大家小时候的惯性思维吧，我也不例外。所以当我读到一个身材矮小、长相平庸、一贫如洗的平凡女教师简·爱出现在故事里，我一惊，这种违反常规的主角设定，对我的固定思维产生了很大的冲击。她虽然出身贫寒、长相平庸,却才华横溢,有着强烈的自尊。她在磨难中不断地追求自由与独立,无论周遭环境如何,她始终坚持自我。不管是她对舅母一家的反抗也好,还是对罗切斯特先生的不卑不亢,字里行间的坚毅与勇敢让我对她本能地充满了敬意。

再读《简·爱》是在冬寒料峭的加拿大。深夜11点,读罢合上书页,我的脑海中浮现出这样两幅图。一幅是被关在红色房子里的幼年的简,身材瘦小,手背青紫色的血管清晰可见,苍白的脸上两行清泪还没有擦干,眼神却还是倔强地足以撑起全世界。这种感觉就像拿着针一下一下地刺着心脏,又像阳光穿过身体般温暖。另一幅图,是成年的简,绾着大气的髻,淡然地微笑,严厉的温柔好像可以融化整个世界。但那不是与生俱来的柔软,而是沧海桑田后的恬淡和宁静安然。

简的童年可以说是痛不欲生。她的父母早逝,从小寄人篱下,受尽欺侮。但即使是这样,她仍旧丝毫不畏惧舅母和表兄的强权,勇敢地与其抗争,不卑不亢,像一盆带刺的仙人掌。所幸她遇到了海伦,与简截然相反,海伦性格温婉,即使她的每一天也都在被殴打中度过,她却还是在慈悲地容忍着,她在寒冷刺骨的夜里给了简最温暖的拥抱,走进了简的内心,触碰了她强大外表下最柔软的一部分。她像春风一样在简的耳边轻声说道,要善良,要美好,要去爱这个世间，即使有炎凉。她告诉简，女人的成长不但要有勇敢与坚强，还要有不可或缺的善良与爱心。所以在她离开人世之后，简兼备了她的性格，成长为一个更加完美的女性。

令我最为感动的，是简即将在爱情中迷失自己的时候，勇敢地对现实说"不"。即使眼前的这个男人即将成为自己的丈夫，即使内心的爱翻江倒海，她还是毅然决然地丢下婚纱，转身离去。她的倔强告诉她，爱情如此珍贵，不能委曲求全。

在离开罗切斯特先生的那几年，平静安详的生活让简懂得了更多人生的真谛。她开始慢慢地明白，爱是最坚韧的勇敢，原谅是最有力的善良。她去看望病中的舅妈，温柔地安慰她，默默地放下过去。她也在罗切斯特先生一无所有的时候，回到了他身边，抚摸着他伤残的眼睛，倾诉满腔的爱意。

书中最触动我的部分是简·爱叙述的幼年：一个敏感，倔强又带有一些独立意识的女孩子。每一个女孩，在成年之前，总会遇到种种难以想象的苦恼和困扰。那种困扰并非虚张声势的苦难，而是一种隐隐约约的酸涩、永远也不够美丽的困扰、不屑于身边的人却又为得不到他们的认同而耿耿于怀。《简·爱》讲述了一个女孩在成年之前心灵的蜕变，虽然为了获得他人的认同所做出的种种努力，像一双不合时宜的高跟鞋,不一定会被理解,甚至会被误解,会被人嗤之以鼻,会被人轻轻松松遗忘,然而这却是一个女孩成长必经的历程。青春,年轻,成长,每个人都会有一段手足无措而卑微的苦涩时光。

蜕变,必然伴随着阵痛。

读《简·爱》,体会到主人公从坚强地反抗人世的无情凉薄,成长到温柔地包容世界从未给予她的爱意,这是一部女性的成长史,一部普通女人的成长史。就像张悦然在《水仙已乘鲤鱼去》中所说,我们这些平凡甚至卑微的女孩,最终都会兀自长为亭亭玉立的水仙。

关于《呼啸山庄》

如果你还在这个世界存在着/那么这个世界无论什么样/对我都是有意义的/如果你不在了/无论这个世界多么美好/它在我眼里也只是一片荒漠。

——《呼啸山庄》

世界上最美妙的感情莫过于爱情,可当你真正陷于其中,又有多少无奈与辛酸。

希斯克利夫被呼啸山庄的主人捡回了家,身为一个孤儿,他孤僻冷漠,却得到了凯瑟琳真诚的爱。与此同时,也被凯瑟琳的哥哥亨得利深深地嫉妒着。山庄的老主人死后,亨得利立刻将希斯克利夫遗弃。凯瑟琳虽然爱他,可却也无法抵挡她内心深处对于优质生活的向往。

她遇见了埃德加·林顿,画眉山庄的小主人,她开始渐渐地疏离了希斯克利夫,这使得从小没有人关爱、极其没有安全感的希斯克利夫不安。他渴望得到凯瑟琳的关注和爱,没想到换来的却是一声"幼稚"的呵斥。

《呼啸山庄》适合在树叶簌簌掉落的冬夜读,若是来点小雪就更加契合氛围。细读,在故事表层的疯狂不羁中,可以衍生出心灵最深处的宁静如水的悲凉。

呼啸山庄,其实是一个成长与背叛的故事。成长本身,就意味着对童年憧憬的背叛,意味着对丑陋成人世界的妥协。凯瑟琳心神不定地跨过了那道门,而希斯克利夫却始终执拗地停留在门外。

凯瑟琳昧着良心背叛了希斯克利夫,接受了林顿的求婚,很清醒地说出"嫁给希斯克利夫就有损我的身份了",那一刻,她已经暂时地脱离了疯野任性的童年时代,变成一个理智世故的成年女人。为了金钱、地位嫁给林顿的凯瑟琳,内心充满着深深的悲哀,她说:"我这么爱他,并不是因为他长得英俊,而是因为他比我更像我自己。不管我们的灵魂是什么做的,他的和我的是完全一样的。"可灵魂的契合终究敌不过金钱和名利,她遗弃了视她若生命的希斯克利夫。

而希斯克利夫，那个在所有人眼中都坏得像魔鬼的希斯克利夫，他的灵魂深处永远是那个无拘无束的吉卜赛儿童，像贾宝玉永远不会听从宝钗走仕途的劝告一样，他们都活在自己真实的世界里。他拒绝凯瑟琳那些成人世界的"理由"，在他心目中，凯瑟琳永远是那个跟他一起到处去闯祸的野丫头小凯西。他的逻辑简单无比：如果天堂没有凯瑟琳，那么天堂里就是地狱；如果地狱里有了凯瑟琳，地狱就是他的天堂！

　　于是，在失去了凯瑟琳之后，心已死去的希斯克利夫只专注地做一件事：把这个已经没有了凯瑟琳的丑陋世界彻底毁掉。整个山庄乱成一团，圆满的家庭被他生生地拆散，幸福的人生被蒙上了阴霾。即使那时的他功成名就，不用再看人脸色，可我还是为他感到悲哀——爱而不得最为哀伤。希斯克利夫性格里的那些阴暗与逼仄被激发得愈来愈明显，饱受伤痛的内心滋长出成群结队的怪物，潮湿的心底蔓延出无边无际的青苔，遮住了一切地表生物的呼吸。

　　疯狂的爱往往是不理智的，不对等的情感常常以悲剧告终。呼啸山庄，风来去自由，带走了一个时代的伤痛与悲欢。

　　即使有前车之鉴，即使有昭昭誓言，即使真情如火，坚守与背叛，勇敢与怯懦，美好和丑陋，在人世间总是如影随形。

然而,爱过当然不应该后悔,何况如此短暂的人生。

尼采在《悲剧的诞生》一文里列举了两种艺术类型:日神式的和酒神式的。日神阿波罗高大英俊,面孔端庄,态度雍容,那是贵族的风范,人人叹为观止。酒神狄奥倪索斯则不同,他半人半兽,丑陋不堪,动辄就醉卧荒原,在自然与心灵之间展开半疯癫的沉思。

《简·爱》毫无疑问是日神式的小说,一部主人公出身平民而向往贵族精神生活的小说,理想主义的光芒像阳光普照着这个千疮百孔的人世间。《呼啸山庄》却是一部酒神式的小说,书里从未流露过一丝对精神贵族的向往,从没有提升自己精神境界的愿望,它是真正的平民小说。你不会被感动,你还来不及被柔化,就已经被文中那种惊世骇俗的憎恨和难以遏制的爱震撼到了。你还没有树立起你该有的观感时,它就已经以摧枯拉朽之势,击溃了不可一世的正统价值观——爱,就爱得彻底;恨,就摧毁一切!

《简·爱》向着太阳,温柔深情地说:只要你努力奋斗,你就可以实现目标,还会获得伟大的爱情。

《呼啸山庄》面对旷野,自言自语道:但凡理想会让人粉身碎骨,但凡爱情必定让人发疯,这个世界的颓废和"丧"令人绝望,人间不值得。

《简·爱》是另一部《理智与情感》，《呼啸山庄》则是《基督山伯爵》，前者得到一切，后者摧毁一切。

我听到有一只知更鸟在远处叫

我近期在读《杀死一只知更鸟》英文版，回国后又去电影院赶上了《绿皮书》的末班车，看完颇有所思所感，故写下此文。

一

我听到有一只知更鸟在远处叫，我想，我好像有几千年没有听到它了。虽然它的乐音是再过几千年我也决不会忘记的——它还是那样甜蜜而有力量，像过去的歌声一样。

——梭罗《瓦尔登湖》

在芬奇眼中，没有一种行为比杀死一只知更鸟更可恶的事情了，因为知更鸟是一种益鸟，它羽毛美丽而且歌声动人。作为一名正直的律师，也没有一种行为比判汤姆有罪更可悲的了，因为汤姆是个好人，是个弱势的黑人，而且一贯助人为乐。

汤姆是个年轻的黑人，经常应一名白种女人的请求帮她一些小忙，但是后者却诬陷他强奸。20世纪60年代的美国种族矛盾激化，影片中安静的小镇上，白人对黑人的歧视毫不隐藏。芬奇作为汤姆的辩护律师发现了事情的真相，但是他受到了部分激进镇民的威胁。无论是在家中和一对可爱的小儿女一起的时候，还是在法庭上面对法官和陪审团的时候，芬奇都顶住了压力，用自己的良心和正义为汤姆辩护。但是陪审团被黑白对立蒙蔽了眼睛，他们做出了汤姆有罪的判定。一个夜晚，一只黑色的知更鸟惊恐地挣脱牢笼飞向自由，一颗白色的子弹杀死了它。

汤姆是芬奇的知更鸟，而芬奇的儿子和女儿也有他们的知更鸟，那就是他们的邻居——一名深居简出有着许多恐怖传说的邻居。他们一次次去邻居家"探险"，因为那儿有他们纯洁心灵中最初感受到的"形之恶"。但是他们从来没有受到邻居的任何伤害，相反他们在邻居家门口的树洞里发现了各种简陋的小物品，或者是发现匆忙逃走时挂在铁丝上的裤子已经被折叠整齐放在一旁……最后在他们受到种族仇恨者的袭击时，也是他们的邻居暗中救了他们的性命——在孩子们眼中，他从一只罪恶的夜鸮变成了一只善良的知更鸟，他得到了孩子们的爱。

在法庭上目睹了父亲慷慨激昂为善良者辩护的儿女，

是无法想象人的肌肤颜色会对判决起着何等重要的作用，其实面对诸如种族纠纷这样的群体性问题时，他们并不比我们这些成年人更幼稚——他们在用未经污染的人性光明进行判断，而我们心中那面明晦不清的镜子已经难以反映真实的存在。

在我们每个人的一生中，会无数次听到知更鸟美妙的歌声，但是很多时候我们没有像梭罗那样静听和赞美，而是在靡费斯特的诱惑下举起了邪恶的猎枪——在这个时候，枪法越准，罪恶越大。

你我皆凶手，每一次偏见都会杀死一只知更鸟。在失去理智的人群中，知更鸟的美妙歌声会招致杀身之祸；而在尊崇善良的社会之中，知更鸟的动人歌喉会得到真诚赞美。作为一个人，不能像知更鸟一样放声歌唱是种悲哀，同样作为一个人，在心灵后院中举起枪瞄准知更鸟更是一种悲哀。

二

改变大众的想法，这需要很大的勇气。

——《绿皮书》

之所以取名为《绿皮书》，那是因为在种族隔离时期，非洲裔黑人在旅行过程中只有依靠"绿皮书"提供的信息，才能幸免于难。否则，误入只招待白人的场所，轻则被赶出门，重则遭到辱骂、殴打。纵然有了"绿皮书"，旅行对非洲裔黑人来说仍是苦差事，因为"适合"非洲裔黑人的旅馆等大多位置偏僻，条件差。很多非洲裔黑人旅行前不仅需要自备食物和水，甚至还要带上便携马桶和汽油，以备不时之需。

虽然舞台上的唐受人尊敬和爱戴，可以抛开自己的肤色以及他人的偏见。走下了舞台，他依旧是那个被南方白人所歧视的黑人。例如，唐和同伴两人到达一所庄园，庄园主人表面上满是溢美之词，但在表演结束后，唐想用洗手间，庄园主人拒绝，只让他用院子里一个简易棚子搭建的茅坑。这样具有戏剧性的转折，恰恰更直接地展示出那个时代的人们，对于黑人无法消除的偏见，以及居高临下和粗暴的态度。

在国内的时候，我对"种族歧视"这个词无感，关注更多的是性别歧视和同族不平等之类的。出国读书后，经常会遇见种族歧视的情况。虽然大部分加拿大人算得上友好，但也不排除个别特例。像我就遇到过许多当地出生的华裔学生，他们在学生证上的名字一般都是英文名加英文姓这样的组合，所以刚到当地的时候我总会多问几句，例如：是不是中国人啊？会说中文吗？直到有一天，我问一个当地的华裔女生类似问题的时候，她冷冷地回复了我一句："I am Canadian."（我是加拿大人。）然后，给了我一个白眼就走了，留下我一个人傻站着。

这些华裔不愿意开口讲中文，不愿意承认自己是中国人。似乎他们的肤色已经被加拿大明亮的阳光成功洗白了一样，只有不承认自己是中国人，才能变成一个真正的白种人。"怕被认成中国人"是好多当地长大的华裔不正常的心理，然而事实上，她首先得蔑视自己的祖先，看轻自己的肤色，然后才能卑微地成为"另一个看起来更为高贵的族群"。

当然，任何方式的歧视都需要被人们斩钉截铁地拒绝。

影片中的唐让我不禁想起20世纪60年代初期的黑人运动领袖——马丁·路德·金。他的著名演讲《我有一个梦想》振聋发聩。作为美国历史上呼吁给予黑人平等权利的倡导者之一，他所带给美国的影响是巨大的。他的伟大之处在于不仅仅提出了种族和解的倡议，更在于在那样一个黑人饱受歧视和迫害的时代，他号召黑人们要用和平的方式去反抗独裁，这样的胸襟和坚持才是值得全世界人民铭记的。马丁·路德·金的理想一直是缔造一个种族融合的公正社会，但他把自己的活动半径刻意地局限在黑人和南方内部，有一个很实际的理由，那就是避免南方的白人认为他是被北方的"坏白人"所操纵的，他这种考虑实际上造成了另一种"种族隔离"。马丁·路德·金大声疾呼:"我们认为真理是不言而喻,人人生而平等。"卢梭的自由观对这点做了很好的回答:"人是生而自由的,却无往不在枷锁之中。"从哲学角度来看,人生而自由,这是天赋人权,只是所谓的权利总是要对应相等的义务和责任,即所谓的"枷锁"。生而自由,无疑是一种期望或是一种理想,当理想回归现实,这样的"枷锁"便无处不在。

第一次接触黑人种族歧视的内容,是在用血与泪控诉的《汤姆叔叔的小屋》中。这部小说不仅仅是一部文学作品,它点燃了美国南北战争解放黑奴的燎原之火,对人类的历史发展进程产生了深远影响,甚至被认为是刺激废奴主义兴起的一大原因。汤姆叔叔——一个怀有坚定信仰的黑人奴隶,他忠诚、勇敢、善良,被奴化了的他,一直以来逆来顺受,直至生命奄奄一息时,才悟出了只有斗争才会有自由的真理。看这部小说,像是在听一个老人娓娓道来。小说的作者斯托夫人为我们讲述着苦难,但又不希望我们这些听故事的人过于伤心,试图抚平伤痛。即便如此,这些文字也是汹涌澎湃的寒流上平静的海面,是大山表面不为飓风所折的一片翠绿的山林。

比汤姆叔叔更可悲的便是影片中的唐。身为一个外表光鲜亮丽、受人尊敬的天才艺术家,他的内心有着更多道不出的辛酸。影片中唐自己说过这样一句话:"有钱的白人付钱让我为他们弹钢琴，因为这让他们觉得自己有教养。但一旦我走下舞台，我就会回到他们身边，成为另一个黑鬼。因为那才是他们真正的文化。我独自承受着这一点，因为我不被我的人民所接受，因为我也不像他们！"

是啊，唐被白人社会歧视，也被同族黑人视为异类。被人们逐渐边缘化的他，和周遭的世界格格不入。他渐渐地在别人的眼光中失去了自我，正是因为找不到自己的定位、接受不了别人对自己的歧视，他选择了酗酒。酒精上头的那一秒，的确可以短暂忘却疼痛和生活中的疲惫，但是新的一天，依然无法避免地要去面对现实中的问题。唐的这辈子，都活在矛盾的自我拉扯中，但是幸好他懂得，即使前路茫茫，也要凭借一己之力，以自己的技艺为黑人争得一片天空，改变白人狭隘的偏见。

不是每个白人都是高贵的人，都受过高等教育见过世面；也不是每一个黑人，都爱吃炸鸡。全球化思潮裹挟下，应是不带偏见的新时代，我们每一个人都可以放下自己心中的偏见和歧视，请勿对你身边的人贴标签，也勿对他人的人生断章取义。

人生而自由，却都是戴着镣铐在跳舞。只有力量足够强大，才能身轻如燕，舞出欢乐无限的人生。

无处安置的青春

一

当能失去的都失去了，你也差不多长大了。

——题记

早已听闻《狗十三》这部电影很精彩，在圣诞假期回加拿大的飞机上看完这部电影后，我的心灵受到重重撞击。

这是一部很有寓意的电影，真实到沉重，却不把过错完全归咎于某一方，只是用近乎白描的手法呈现三代人中每个人的挣扎、无奈、不知所措和被忽视的痛。同时，它作为一部青春成长片，并不像大部分国产青春片那样糖水，那样美化"疼痛""成长"这些词。它展现的是非常真实的中国式家庭关系和中国式成长，并且从老中青三代人三个层面交错展开，真正抓住了我们每个人成长中的苦痛之处，不只是青春期的成长，更有中年至老年每个阶段的困顿。每个角色都塑造得很丰富，你能看到自己家庭里不同人的影子,甚至也能看到自己一生不同阶段的影子,这也是它的深刻之处。"一千个读者有一千个哈姆雷特",然而,我们看到了无数个"哈姆雷特",幻影重重叠加在一起,构成了沉重而无力的人生。

整部电影里,主人公李玩都在挣扎着长大。爷爷奶奶知道她不喝牛奶,但总是试图端给她,因为觉得牛奶对身体好。父亲希望她去更好的高中,听了老师的话,未经她同意就粗暴地替她改了兴趣小组。小狗爱因斯坦走丢之后,全家一起劝她接受新买的狗就是爱因斯坦这件事。看起来都不是什么大事,但就是这一件件小事,一次次忽视了李玩真实的情感,让她渐渐成了一座孤岛,没有人能够再走入这座孤岛,因为所有的桥都被人为摧毁了。

后来,李玩顺利"长大"了,成了家人眼中懂事的好孩子。但这种"长大",不是破茧成蝶,而是一种"硬质驯化",一种"被动成长",直至变成大同小异的社会人。忍痛拔掉身上的刺,留下鲜血淋漓的伤口,折断羽翼,湮灭美好与憧憬。当然,时间久了,伤口不再流血。只是,结痂留疤后,某个雨日,伤口仍然会定时发作,只是隐隐,不至于痛不欲生,却永远无法逃离。

《狗十三》引起了许多人对于"原生家庭"的讨论。

之前在知乎上看到过一个问题:父母对孩子的三观影

响究竟有多大？其中一个回答这样说："当我发现我抱怨的内容、语气、神态和我的家人一模一样的时候，我感到一股寒意从脊背上蹿上来，深深地无奈与悲哀，终生难忘。"

是啊，为什么无法逃脱这个自己都讨厌的模样呢。

原生家庭对孩子的影响，是隐秘而持久的，你休想轻而易举剥离。

从婴幼儿牙牙学语时开始，孩子们便开始模仿大人的一言一行；长大一些，家长们处理事情以及对待周围亲朋的态度都会影响孩子们对身边人的神态和行为。但往往这两个时期的孩子们无法看出自己身上有家庭的影子，直到孩子成年后回望来时路，才会发现自己与当年的父母是多么相似。厌憎和喜好，回避与向往，无论如何隐藏，也掩饰不住原生家庭在你身上种下的无法逆转的基因密码，你，只是他们身上发育的触枝，原生的痼疾，砍去了也会重新长出来。

最近很火的连续剧《知否知否应是绿肥红瘦》《都挺好》，正是原生家庭教养的两个对立范本。《知否知否应是绿肥红瘦》里大气有远见的祖母，养育出了睿智聪慧、胆识过人的明兰，不但择到了佳偶，而且将危难一一化解，这"化骨绵掌"的功力颇得祖母真传。《都挺好》里从小被重男轻女的母亲所打压的明玉，逃离家庭后成功逆袭，成为霸气金领，可是她却终身不能逃离原生家庭之殇，心甘情愿地为两个哥哥买单,工作上冷酷强势,爱情上冷漠逃避。她就像一只刺猬,用张牙舞爪来武装自己,屏蔽他人,内心却是种种不安和恐惧。

曾经看过一个访谈节目,节目中的倾诉者因为"原生家庭"的问题向主持人求助。她说她总是感到自卑,觉得自己是"残缺"的。后来逐渐发现自己的这些"缺陷"都是在成长过程中父母的一些不当行为给自己带来的。于是她一直称自己为"原生家庭下的牺牲者",总是说如果当初我的父母再对我好一点点,一切就不会这么糟糕了,她的生活好像被一种"宿命式的悲观"笼罩着,无力而颓丧。那么,过去已然发生,是年幼的我们所无法干预,也无力改变的,难道就这样任由这些黑色的暗流,一直占据我们人生的每一根血管?

过去是不能改变的,如果将一切问题归咎于过去,那么你将永远陷于黑暗。重要的是未来,重要的是重构自我,"知者不惑,仁者不忧,勇者不惧",在沉重的现实面前负重前行,乐观地面对,清醒地认知,然后勇敢地改变自己,剥离原生的"茧",重新长出新鲜的血肉。从这个意义上说,你脱离原生"枷锁"的过程,才是真正十分有意义的"重生"。"君子不器",你当然不能成为大人锻造的容器,你是那个用岁月的河水造就的独一无二的特殊存在,你的人生该由自己负责,那么,来吧,鼓起勇气试试看,我的天地可以有怎样的一番作为？

世上哪有什么完美？

真正能在幸福家庭中长大的孩子，只是少数罢了。有太多的大人都无法称得上"真正的大人"，妈宝男、啃老族、娇滴滴小姐等等，他们的心智年龄永远停留在孩童时期。我们中的许多人，也在不够幸福的境遇下长大，内心也有无知幼稚的部分，会犯错，会迷茫，这也许就是真实的人生。

很多大人也都是第一次为人父母，会有很多做得不够好的地方。但是为人父母，最重要的不是不犯错，而是面对错误时的态度。大人应放下大人的身份，以平等的态度，真诚地向孩子道歉，认真地看待和呵护孩子的内心世界，而不是把所谓的"为你好""打你是爱你"的可笑托词一代一代地延续下去。

希望我们都能成为很好的孩子。

如果不行，那就成为很好的大人。

二

如果把雪一点一点地堆积起来，
等到樱花树的枝梢都开出雪花，
那是不是就可以准备迎接春天了？

——题记

春假回国的路上，偶然间刷到一条关于《过春天》的导演访谈，便瞬间下定决心要看一看这部电影。第二天，便和母亲去了影院。

《过春天》讲的故事其实并不复杂，青春期少女佩佩为了和闺密阿Jo一起去日本看雪，阴差阳错地成了一名走私手机的水客，为此她付出了惨痛的代价。

仅此而已。

可就是这么简单的一个故事，导演白雪却用她独特的女性视角和叙事手法，为"青春片"这个特殊的片种做了一种全新的诠释。

其实我们在很多年后回忆青春年少时，记忆都会为那些碎片蒙上一层淡淡的柔光，像影片中阿豪和佩佩在那个光影迷乱的房间里，列车经过时的警示灯，房顶摇晃的顶灯，以及窗外温暖的夕阳，各种光源糅合在一起，而发生了什么或没发生什么，抑或是故事的结果怎样，都已经不重要了。

白雪导演为我们展现了主角与其他人物的矛盾从开始到爆发的过程——以一种十分内敛的方式——比如和阿Jo吵架后，佩佩找到父亲，而父亲却对女儿的问题无能为力，只能躲到路边去抽烟，导演把摄像机位放到饭店的窗上，里面是抽噎着的佩佩，窗外是沉默的父亲，两个人物只能在镜中对视。

而在矛盾发生之后，她却没有为我们展示这些关系修补的过程，因为要修补好那些关系，可能要花上一生。

所以影片里佩佩和所有人的故事，都是戛然而止。和阿Jo在学校里吵架后，和父亲在餐厅里碰面后，和阿豪在货仓被抓后，和母亲在登上山顶后，一切从那一个时间点消失。这有别于国内的大部分青春片，白雪只是讲了这一段故事，而故事的结局如何，很多时候我们都无能为力，就像不是所有的爱情都能通过一场没头没尾的狂奔和呐喊被追回，也不是所有的亲情裂痕都能通过彼此在哭声中的对白就能被修复。资深心理学家武志红意味深长地告诫："爱只会导致好的结果，但不会导致伤害，导致伤害的一定不是爱。"请千万不要以爱之名，行伤害之事，对不起很抱歉，你的爱何其沉重，若是这样的爱，我宁愿你不爱我。

也许佩佩走私事发后，阿Jo和她能解除误会和好；也许和母亲登上山顶鸟瞰香港后，母女关系能得到改善；抑或是其他种种，那些都是人生中的一种可能性，我们能带着这种对美好可能的期望离开影院，不得不说是导演的一种温柔，因为现实的人生哪怕有万种"如果"，最后也只会塌陷成一个结果。

而人生中很多事情，本来就是徒劳无功的啊。

再来看看佩佩的母亲。她不像妈，却已经成了妈许久，心里抱憾，还要学习做个妈，但又不敢真的成了妈，成了妈就等于认了。那一口气是要吊着的。她的形象,可以和掉绒的天鹅绒、一只歪倒的高跟鞋、残破的口红、气喘吁吁的肩带、不拉开的窗帘、燃烧的烟蒂、屋子里的麻将联系在一起。

16岁的女孩儿,本该活在灿烂的阳光下,看见最光明的未来。但人生就如同张爱玲的那句名言:"人生就像一袭华美的袍子,上面爬满了虱子。"把所有表面的华美揭开,便是袍子下不堪的青春。佩佩遭遇的悲剧,很大一部分是原生家庭导致的,要面对母亲生活的颓靡、她偶尔带回家的男友,还要面对父亲的缺失、他身在底层的窘迫,和他与自己不相干的生活。

在那样破碎环境中成长的女孩儿,她的内心没有真正的归属感,走私客们的插科打诨,大吃大喝,一起运货出境,都能给她带来"家的错觉"。一个缺少爱的青春期女生,在对爱的渴求中,差点为了谋爱付出了整个青春的代价。她的内心里有着多少的孤独和对爱与温暖的渴望。这样的人是危险的,因为别人提供的一点点温暖与情谊,都像暗夜中的火光,照亮了她脚下的路,让她甘冒风险为之一搏,即便这路上荆棘丛生。

如果说李玩的青春是妥协,那么佩佩的青春便是冲破。可惜的是,原生家庭都没有给予她们很好的滋养和感同身受的理解,以及温暖的拥抱。她们在有家的环境里孤独地生活，在看似文明的环境里野蛮生长。终有一天，她们都会成长为亭亭玉立的大人，然而内心的惶恐与不安，谁又看得见？

每个人都有那么一段孤独的岁月，一个人挣扎着摸索世间的光明，在伸手不见五指的黑暗里碰得头破血流。

直到有一天，产生了这样的内心活动："很抱歉，我只能骗你，因为我不知道还有哪些更好的办法解决问题。"

"我知道你在骗我，但我接受，因为你尽力了，毕竟大家都不容易。"

这就是传说中的成长，而过程中的艰难，只有自己知道。

无处安置的青春

历史深处

——读《人类简史》有感

  我抱着试一试的心态，读了《人类简史》，比起我想象中的那些苦涩生硬难以下咽的科学书，这部著作称得上是一部令人惊艳的作品。除了尤瓦尔对人类历史变迁的详细描述之外，我更加在意抑或崇拜的是尤瓦尔广阔的思路以及辛辣的笔触。

  书中为人类历史发展确定了三个标志性的"革命"："认知革命"中人类思想中进化出来的"想象的现实"，造就了神、国家等群体性组织，人类历史正式踏入了发展的轨道；"农业革命"让人类完成了从采集者到农民的角色转换，更有一小部分人从耕种中脱离出来专职负责"书写"文明，人类历史驶入发展的快车道；在金钱、帝国和宗教不断融合统一人类的基础上，"科学革命"以其独有的无知无畏精神，在各个领域内都掀起了改革与进化的运动，人类社会日新月异，较之过去发生了翻天覆地的变化。

  这三个文明贯穿了人类发展的漫漫长河，同样也是发展中人类不管是生理还是心理变化的基础。

较之尤瓦尔对人类历史精辟的总结,《人类简史》中对人类文化深刻的认识,更加值得我们关注。

　　人类从开始的低等动物走到最顶端,其发展过程除了对其他动物的猎杀屠戮,还有对生态系统的破坏毁灭。渐渐发展的文明给人类提供了太多的便利和优越感,以至于人们直接忽略掉了负面的影响——进步的反面,人类戴上了精神和物质的双重枷锁。历史上的英雄人物们总是高喊着正义,然后愚笨的民众们盲目地跟随着,历史的事实告诉我们从无正义,人类文明的诅咒一直是阶级区别和族群歧视。文字带来了令许多人厌恶的分割思考和官僚制度,而这些却一直延续到今天,文化带来的思想封闭和排除异己到如今仍活力无限。人类社会在取得了辉煌成就的同时,对自然和社会犯下了深重的罪孽。

　　所以我们也得反思一下自己。

　　人类自诞生以来,为了利益而争夺,分分合合,已是常态。回首历史长河,仅农业革命的进程中,一个朝代接替另一个朝代,不断地残杀,人与人的战争一直在上演。

　　科技、社会的迅猛发展,并没有改变人类本性中的冷漠和残暴,人类为了资源还是在继续地无休止地破坏生态环境,造成了生态危机。与此同时,不同人种、不同国家的战争也从未平息。人类一边高喊着和平的口号,一边举起鲜血淋漓的屠刀。

请让我们牢牢记住该书结尾的这段话："我们对周遭的动物和生态系统掀起一场灾难，只为了寻求自己的舒适和娱乐，但从来无法得到真正的满足。拥有神的能力，但是不负责任、贪得无厌，而且连想要什么都不知道。天下危险，恐怕莫此为甚。"

感谢尤瓦尔，解开了历史深处的重重谜团。罗马不是一天建成的，人类修炼成仙的历程也不是清白无辜的。蹚过血流成河的历程，我们才站在了最高峰。虽然，摇摇欲坠。

无 悔

——观《我不是药神》有感

《我不是药神》——一部残忍中透露出丝丝温情的国产电影。

像是在寒冷的冬天,冷风呼啸而过,如同一双双锐利的机械手,穷人手上的疮被这冰冷的手硬生生撕扯开,模糊的边缘中是血红柔软的一摊,散发着热量,倔强地和冬日做着垂死而又不甘的斗争。

电影剧情不算复杂。徐峥饰演的程勇原本在生活中就是一个典型的失败者:前妻与他离婚,唯一的儿子将跟随母亲出国生活,自己只能靠卖印度神油勉强为生,家中还有一个生活不能自理的老头子。机缘巧合下,他认识了王传君扮演的慢粒白血病患者吕受益,开始做起从印度走私仿制药的生意。初衷当然是为了赚钱,因为仿制药价格远远低于国内正版药,但在无意中拯救了许多病患的生命。

走私之路可以想象,如同在钢索上行走,稍有不慎便会东窗事发锒铛入狱。出于种种原因,他偃旗息鼓,选择了明哲保身,昧着良心交出了代理权,卑躬屈膝、低眉顺眼地当了一个裁缝厂的小老板。

直到后来，吕受益的自杀让他良心发现，他真正地成了一个"药王"，做着亏本买卖，拯救着无数性命。

影片中的人物都是平时生活中的小人物，正是普通得不起眼甚至是卑微的小人物，在矛盾的冲突中，演绎的性格才更加丰满，细节才更加细腻，打动人心的力量才更浑厚。

吕受益，久病不愈，纤瘦苍白如竹竿，却总是挂着傻傻的笑容，正是这种绝望边缘生出的微笑，更令人心酸与无奈。思慧，一个可以让任何男子都甘愿为她冲锋陷阵的女子，她的坚韧中生出小女子的恬淡，浓妆时分外妖娆，素颜时却有一种令人心疼的憔悴。在团建那天，程勇甩出一沓沓钞票逼迫酒吧经理代替思慧跳脱衣舞。经理为钱忍气吞声，在台上扭摆腰肢，思慧在台下拼命起哄鼓掌，眼中除了兴奋、激动，也有被保护而感动的点点泪光；而刘牧师，总是说着"愿主保佑你"，在那种绝望的境地，这样的话俨然被扣上了讽刺的帽子，贫穷是一种病，主都救不了。黄毛，在全剧中说的话不超过10句，他有着那时的年轻人身上特有的桀骜叛逆一往无前的性格，有时我在想：他这么有血性又忠诚的人，为什么让他死去？他的生活才刚刚步入了正轨，为什么要让他死去？这也许就是小人物无法抗拒这个残忍世界的无奈吧。张长林，这部影片中为数不多的反面角色之一，他卖仿制药，为了一己私利提高印度格列宁的价格，却在最后被警察审问时守住了最后一条底线，我们不能怪他，他是自私，但至少他还有底线——这些小人物身上的人性的光辉，在这部电影中就如同璀璨星河中的点点星光，汇合在一起，愈来愈亮，假以时日，终能燎原。

这个世界一向是不公平的，唯一公平的地方就是每个人都会死亡。于是当厄运来临的时候，每一个人都是弱者，都无法抵抗命运之强大，可是，人们总是渴望在苍凉的海中，看见几粒不羁的星光，想抓住那几丝谁都说不清道不明的人生的意义，想要看到突然爆发出的圣人的光辉，想要登上可以救命的挪亚方舟。

电影中并没有明确地说明，但观影者能隐约感觉到高层领导和企业公司之间的利益输送关系。在这部电影中，就像是程勇一个人在对抗整个体制，为了拯救病人，他甚至锒铛入狱。这样的不公平，令人唏嘘，同时也不禁让人反思：我们能改变什么？然而我们无法改变什么，在这个鱼龙混杂的社会中，我们能做的就是坚守自己心中的那一份道义、那一条底线。

于是程勇一次又一次地帮病友们买药，黄毛开着集装车冲出码头时坚定的眼神，曹骏警官拒绝领导时的孤独与决绝，都让我看到了在命运与不公的边缘，这些手无寸铁的小人物,一腔孤勇地撕扯开一道口子,用单薄的肉体撑起残酷生活的一角,与那些不公正的势力抗争着。前赴后继,生生不息,这腔孤勇才更令我感动。

影片的最后,程勇被抓进牢中,那些他帮助过的病友纷纷来送行,在白昼的光照下,卸下口罩的他们,消瘦的脸上展现出来的瞬间的光彩,便是希望;而坐在警车中的程勇脸上,现出的欣慰的微笑,是无悔。

故事新语

立 春

杏花烟雨,草长莺飞。年年岁岁花相似,岁岁年年人
不同。

——题记

第一回　初候东风解冻

1946年。

杭城清吟巷口。

"各位客官好,今儿个,说说咱的二十四节气之首——
立春。"一说书先生手持绘有泼墨山水的丝绸扇,唾沫星子
飞舞在空中,两撇小胡子因为身体的前倾而微微颤抖着,
"明儿呀,就是立春,立,意为始建也,春气始而建立,是谓
立春。常人道:'春冬移律吕,天地换星霜。冰泮游鱼跃,
和风待柳芳。'这立春一过,万物便开始复苏,春回大地,莺
歌燕舞,新的一年即将开始,四季交替,周而复始。"说到这
儿他顿了顿,推了推就要掉落鼻尖的金丝框小圆墨镜,不
紧不慢地呷了一口搪瓷茶缸中的水,喝罢还不忘吐掉干瘪
的茶叶沫儿。

巷口说书摊前盘腿坐着一排小孩。一小孩身着不知是哪位哥哥穿旧了的花袄子，脖子上挂着一个大银环子，银环上雕刻着细密的花朵，经过细致抛光的银环表面折射出亚光的沉郁质感，一看就是祖辈上遗留下来的历史悠久的宝物。这小孩接过说书先生的话茬，清了清嗓子问："先生，那古时候立春这天，都有什么特殊的活动吗？"

说书先生低着下巴，一双炯炯有神的小眼睛透过茶色的眼镜玻璃看了一会儿这个小孩，故作神秘地说："自古以来，立春就为春之始端。要说特殊的活动呵，那非'迎春'莫属了。喏，看那桥头上山的队伍，便是迎接句芒神的队伍了。"说到这儿他又顿了顿，似是在等着孩子们提问。果不其然，又是一个身着绣花小马甲的小女孩细声细语地开口道："先生，何谓句芒神？"

"句芒神，古代民间神话中的春神，即草木神，也是主宰生命生长之神。"可能是因为小女孩的问题正合说书先生的心意，他装模作样地吹了吹早已凉透的龙井，露出满意的微笑。他紧接着又不慌不忙地抿了一小口宝贝似的茶水，开始向小听众们科普起祭祀句芒神的规矩。"祭祀句芒神，需在立春前一天，由人们抬着句芒神上山，同时又祭太岁。迎句芒神时多有抬阁、地戏、秧歌、打牛等活动。从乡间抬入城中，人们夹道欢迎，好不快活。"

说书先生讲得不亦乐乎，通常的听众不是孩子们，而是深居巷中的老爷老太,有时走过路过的人们也会在无大事时停下来听听。瑶华是名忠实听众,又恰巧清吟巷乃是她每日放学必经之路,便常常买一糖人,边舔着甜糯的糖人,边听说书先生讲书,那是一天最享受的时光。

今日也不例外,瑶华一放学便来到了清吟巷口听书,却见说书先生早早收了摊,孩子们也跑到各处玩耍去了,一问才知,一向爱妻如命的说书先生在立春的前一天早早回家,是为家中的妻儿制作春卷、春饼和萝卜饼。瑶华听罢莞尔一笑,便是再重要的事都比不上自家的妻儿来得重要吧,真是"人生自是有情痴,此恨不关风与月"。

"既然这样,那便早些回家完成功课。"瑶华心想。她留着及肩短发,两鬓的碎发被平整地压到耳后,露出光洁饱满的额头。略略凹陷的眼睑,深棕色的眼珠子是掩饰不住的清澈明净,小巧挺翘的鼻尖在一张略有肉感的脸蛋上似是画龙点睛一笔,点开了江南女子特有的淡淡的忧郁,更多的却是出自书香门第的灵慧和恬静。她身着淡蓝色喇叭形袖口的上衣,下身是一条绣着细小花纹的芝麻纱马面裙,长度一直盖到小腿肚,脚上穿了一双擦得干净的棕色小皮鞋。

家离学校不远,穿过两条小巷,路过一家书店、一家理发店、一间糕饼铺,横跨一座市集,家就在眼前了。

瑶华的家介于热闹的市中心和偏僻的西郊中间,宽阔的大门两边各蹲着一只石狮子，门匾两侧是一副对联，右批"花韵诗词度冬夏"，左批"书香琴剑伴春秋"。她轻巧地跨过门槛，只见院中三株古老的蜡梅树正立在料峭寒风中绽放出最美的年华。金黄的蜡梅，有些开得正好，咧开嘴笑对寒风，有些却只是一个小花骨朵，用柔软的花瓣包裹着自己。但瑶华最爱的还是那些半开的蜡梅，有一种朦胧的神秘美感。

"罗叔，有剪刀吗?"她向管家借了剪子，剪了两三枝形态各异的蜡梅花枝，插在一个葫芦形青瓷瓶中，那是太婆收藏多年的宝贝，她赠送给了母亲，母亲一直很珍视，等瑶华长大了些有独立书房后，便郑重其事地赠予了瑶华："孩子，这是难得的瓶子，送给你，陪你读书。"此后，这青瓷瓶便一直供在案头。瑶华在天井的水缸里舀了水，小心翼翼地注入瓶中，将花瓶置于书房砚台旁，顺手提笔在梅花笺上写下了"江南无所有，聊赠一枝春"这句千古名句。

完成学堂的作业，瑶华见母亲还未归来，父亲也不见踪影，便想着去不远的书屋看书，拿起几枚零钱便往家门口走去。一出门，便看见路边蹲着一个衣衫破旧却整理得还算干净的小乞丐。瑶华估摸着这乞丐也就和自己一般大小，她想起母亲所说的慈悲为怀，叹了口气，想想这个小乞丐也蛮可怜，本该玩闹嬉戏的年纪却只能跪在路边以乞讨为生。想到这儿，她掏了掏兜，拿出所有的零钱递给了她。

在小乞丐低头道谢之时，瑶华偶然间看到她袖口底下有一本诗歌集，心中好奇，便问出口："你也喜欢研读诗歌？"那小乞丐眼神躲闪，声音轻若蚊蝇，回答道："是的。"说罢还加了一句，"尤其喜欢陆凯。"瑶华看了她一会儿，问道："有在学堂上学吗？"小乞丐咬了咬嘴唇，回答道："以前有，现在……"语气中多了几分无奈。瑶华接着轻声道："还请劳烦在此地待一会儿，我去去就回。"话音刚落便奔进屋内，出来时手上捧着一束开得正好的蜡梅和一盘刚出锅的春卷。递到小乞丐面前，说："家中也没什么拿得出手的，马上便是立春了，吃些春卷垫垫肚子吧。"说罢也加了一句，"不去学堂也不要放弃学习诗词，那是这世上最美好的事了，喏，像这蜡梅般美丽。"小乞丐接过蜡梅和春卷，点点头，说："谢谢小姐，谨记教诲。"兴奋的语调，比刚才响亮坚定了许多。

瑶华送完蜡梅花和春卷，便走向了书馆。小乞丐看着手中那捧开得正好的蜡梅，发现花中夹着一张字条，上面用秀气的欧体行楷写着：江南无所有，聊赠一枝春。

"居善地，心善渊，与善仁……故无尤。"善，便是一道东风，刮过这个料峭初春，遍野的雪静悄悄地化了，百草回芽，唤醒了沉睡了整个冬天的万物。似乎是一夜之间，世界就变得温柔了许多，更让这个冰冷的世界，重新变得流光溢彩。

第二回　二候蛰虫始振

1994年。

绍兴市郊。

电视机里是重播了无数次的暑期档《西游记》，那几张熟悉的面孔是多少人心中无人能代替的经典形象。苇如看着一旁正在缝缝补补的母亲，沉吟一会儿，道："妈，学校又要交学杂费了……"

一旁昏暗灯光下的母亲也顿了一下，道："不是刚刚交过吗？"苇如回答道："上次交的是上半学期的费用，这次要交下半学期的了。""那寒假妈多赶制些衣裳，你在学校一定要拿个好一些的名次，考个好大学。"母亲缝纫的手一直没停下，边赶制衣服边说。低头时，额头上的皱纹皱成了一朵菊花，苇如心里一阵刺痛，红了眼睛。

苇如掉头，看看手边的日历，上面写着四个大字——"2月4日"。"立春到了呵！"苇如心里暗想，嘴上却没敢出声，因为她知道，春天往往是母亲最忙碌的时候，况且自己上大学的学费还没着落，更不用奢望什么春卷之类的了。生在什么家庭不是一件可以选择的事，她没有丝毫责怪母亲的意思，只是替母亲感到不值。母亲年轻时是有名的才女，琴棋书画样样精通，但现在为生活所迫，一双本可以用来写书法画国画的手，却只能在昏黄的灯光下缝制着一件又一件别人的旧衣服，干枯开裂，像角落里那束枯萎的玫瑰。

苇如生在一户中等收入家庭，从小没有挨过饿受过苦，但家里一直不宽裕。特别是当她的父亲去世后，家庭失去了主要的经济来源，母亲也没有什么工作经验，求告无门，亲戚朋友避之不及。自那以后，苇如娘俩只好靠着缝补衣物过活。上了高中，苇如考进了市里最好的高中，但每一年收取的学杂费要比其他学校整整贵好几倍，而且每月往返学校和家中还要花费好多钱。即使是这样，苇如的成绩在班上仍然可以算是顶尖，从未掉出过年段前三。温婉、沉静的她，一直是老师心目中的好孩子、好榜样。

很快，寒假过去了，又到了返校念书的时候。苇如打包起衣服，拎上一瓶母亲自己腌制的咸菜，走上了那条走了无数遍的泥埂路。走到学校，她一个人拎着行李走进寝室，寝室很小，很简陋，但苇如从不介意，反而对这样的陋室产生了深深的依恋。即便是陋室，也给了她一个温暖的可以学习和休息的场所，她一声不响地努力着，希望能离自己的目标越来越近。

去寝室报到之后，她又来到了教室，因为高二分了快慢班，所以教室中也只有稀稀疏疏几张熟悉的面孔，她选了教室最后排的一个单人位坐下，低头心想："又是平凡的一个学期吧，好好读书就行了，不要去管其他的事。"

于是新的学期像之前的无数个学期一样,在正常的轨道上平稳运行着,直到暑假前。期末大考前,苇如照例在自己的座位上复习,思路却被一声巨大的轰鸣打断,然后她便隐隐约约听到一些嘈杂的吵闹声。她素来不是喜欢凑热闹的人,但走廊中的喧哗声打乱了她所有的做题思路。她站起身,来到走廊上,看见一群平行班的学生正对着隔壁快班的一个学生指指点点。她在旁边静静地看了一会儿,虽没有搞清楚具体的事情经过,却也大致知道了几分。

这是一起典型的校园霸凌事件。

苇如看着眼前瘦弱的女生,再看看对面一群有男有女的"组织",不知怎地,她心中不禁涌上一股难平之气,不顾旁人的眼光,镇定地走上前去,扶起已经被推到地上的女孩子,一言不发地将她藏在自己身后,平静地说道:"大家都散了吧,不要欺负她了!"对面的一群少男少女看到这番景象,立刻连着苇如一起破口大骂,用上了苇如这辈子都不敢想象的脏字。而苇如只是站在走廊上,站在那个女生面前默默听着,直到老师来了,苇如才牵着女孩的手,退回教室继续学习。

事情发生之后,那群少男少女像是盯上了苇如,甚至连她去上厕所都要在厕所门口堵住她,见到她就扬声恶骂。他们也不知道是从哪里听说的苇如的妈妈是一名裁缝,开始编出各式各样的故事辱骂苇如,侮辱她的父母和祖辈。

就像每个遭遇过校园暴力的青春期孩子一样,苇如的心态直线变差,虽然表面上她的成绩一如既往优秀,但她开始刻意地躲避一些对于她的言论,会开始在意自己的家庭和身份。她变得更加寡言,不和任何同学来往,除了听课就是做题,她变得更为消瘦了。

这样的状态一直持续到高三上半学期。学校转来一名新来的姓周的老师,看样子很年轻,像是大学刚毕业来教书的模样。这名老师很快就敏锐地察觉到苇如在平时生活中不怎么跟身边的同学交流,甚至可以用"自闭"一词来形容她的日常状态。周老师同样也发现虽然苇如的成绩十分优异,但在她的文章中,总是隐含着一些阴郁的色调以及过于成熟的情绪。

那天,老师找了她。

"老师,您找我有什么事吗?"苇如坐在老师对面的椅子上,低着头轻声说。"啊,没什么大事,我就想问问你最近的生活怎么样。"周老师细声细语地说。"都挺好的,学习压力也不是很大,准备全力冲刺清华。""老师肯定是不担心你的学习了,你平时跟同学相处得还算愉快吧?""同学都挺好的,我们都很喜欢这所学校。"苇如略略顿了一下回答道。

听到这儿，周老师心中"咯噔"一下，看着苇如低垂的头，以及不停摩挲着指关节的动作，他在心中叹了一口气。"适应就好，你家离学校还蛮远的吧，回家的时候一定要注意安全啊。"周老师顿了顿，继续说，"有时候，原生家庭的确会给一个人造成巨大的影响，一个人的三观的形成也主要受家庭的因素。但我们无法选择出生在怎样的家庭，这是人生的无奈。老师也在乡下出生，通过自己的努力考上了大学，后来被送去更远的地方进修。现在觉得还是自己的故乡好，就回来当老师了。等你再大一点之后，你就会知道了，其实别人的言论影响不了什么，毕竟他们跟你自己的生活毫无关系。"听到这儿，苇如咬紧了嘴唇，她心里明镜似的。她抬起头，微笑着看着老师："好的，谢谢老师。""不用谢我，老师的责任不仅仅是教书，还要教会学生怎么处理遇到的棘手的问题。好了，你回去吧，记得要善待自己。遇到解决不了的问题，随时找我。"

苇如走在回宿舍的小径上，两边的木芙蓉大片大片，绚烂的花朵遮住了天空，似乎比太阳还要明媚许多。"我之前怎么没有发现，木芙蓉的花也这么好看，而且还有好闻的香味儿。"苇如欣喜起来，就停下了脚步，闭上眼睛，在花海里驻足。耳边，又回想起周老师意味深长的一番话，睁开眼，风拂过木芙蓉的笑靥，天更蓝了，她的心猛地被击中了，瞬间豁然开朗。

她回头看向有着红色窗棂的教师办公室,轻声说了句"谢谢"。

三个月后,保送清华的申请书派送了下来,她毅然决然地选择了中文系,她的梦想是成为一名老师。在2月3日那天参加了选拔考试,试题很难,好在是苇如预测到的难度,她拿起笔,冷静且沉着地写下一个个正确答案。结束铃声一响,她毫不犹豫地交卷,离开了考场,她没有回学校,而是直接回到了家。

推开门,看到了昏黄灯光下瘦小的母亲正弯着腰,踏着缝纫机的踏板,她抬头笑着说:"苇如,你回来了!"

四方的餐桌上,花瓶里插着开得旺盛的蜡梅,淡黄色的花瓣上沾着刚喷过的水珠。而一旁的搪瓷盘中盛着的,是一盘热腾腾的春卷,袅袅上升的热气,在晕黄的灯光下,仿佛给陋室蒙上了一层淡淡的仙气。

苇如见状,泪珠滚落,难以自抑……

"古之立大事者,不惟有超世之才,亦必有坚韧不拔之志。"韧,便是一缕暖阳,将污浊的淤泥化冻,顺着溪水流走,并带动了所有蛰伏在泥土中的昆虫,从泥淖中昂头,一同反抗冰冻的天气,呼吸到春日湿润的空气,迎接一个新的更加美好的世界。

第三回　三候鱼陟负冰

2019年。

加拿大温哥华。

二月的天气,并没有随着春天越来越近而逐渐暖和起来,而是以一种可以明晰感知的速度再一次变得寒冷。又下了一场不小的雪,暖气从原来不卑不亢地与这个城市的冷空气做着斗争,变成了悻悻地低头认输。谁也不知道,什么时候,这雪才会停,有可能是明天,有可能是后天。

眼看着就快到立春了,学校的新春晚会也到了最后两天的倒计时。温哥华的大街上已经有了一些过年的气息,街道两边的商店都张灯结彩的,有一些甚至还摆起了圣诞节曾用过的装饰品,小部分中国的餐馆也挂起了大大的红灯笼,贴起了春联。

清宁已经在星巴克里坐了整整一个上午了,却没有一丝一毫想起身的意思。只是隔着玻璃窗望着窗外的街道。无聊的时候,人们最容易浮想联翩。

记得一年前刚来到这座城市还是刚考完中考,告别了一本本教辅和密密麻麻的笔记,告别了碎碎念不停的长辈们和一起拼搏了三年的同学们,告别了夏天街头巷尾的各种冰棍和冬天学校门口热腾腾的干菜烧饼。来到这个冠以"最宜居"三字的美丽城市,却因为习惯了沿海城市黏糊糊的温度和空气,来到这儿的第一天就开始不停地流鼻血——这恐怕是最具有讽刺性质的一件事了。

清宁留学之前多次参加过国际夏令营,读过许多关于小年龄出国的攻略,对留学生活大致有一些了解,也有心理准备。直至出了国才知道,原来有这么多需要自己去学习的东西。生活上、学习上,各个方面都和国内的情况大不相同,而这些不同都是需要留学生们自己去克服,都需要勉励自己改变然后去一一接受。

清宁身边基本上是中国留学生伙伴,还有少许的华裔学生,在国外碰到中国留学生,就像遇到了自己的亲人一般,有一种熟悉的归属感。而华裔们,大多数会说一些中文,即使水平不怎么样,但是因为有了语言作为文化的载体,华裔们往往更能理解中国留学生的心境,这也是为什么清宁的华裔伙伴远远多过白人伙伴的原因了。

正想着,清宁的手机"叮咚"一声,是一个华裔朋友发来的消息,是一张春卷的照片,上面写着大大的四个中文字"立春快乐"。

清宁才猛然反应过来,今天是立春啊,正想着,她二话不说就去隔壁的中国超市买了一盒熟春卷,准备今天晚上用微波炉热一热就可以吃了,家乡的味道,原来也可以这么轻而易举地得到啊。

回到家,她打包好自己的演出服和指甲片,热了热春卷,狼吞虎咽地吃了几个,带上剩下的几个,马不停蹄地赶去了乐队。

　　清宁刚来加拿大的时候,经学姐引荐去了学校的私人乐队。说是私人乐队,但也会在节日的时候在学校大厅表演给大家看。这个乐队的独特之处就在于它将中西乐器混合了,并不是单纯的管弦乐队或者是单纯的民乐队,而是一个中西乐器混合的乐队。乐队满打满算一共有十一个人,一个大提琴手,一个小提琴手,一个弹钢琴,一个弹吉他,两个拉二胡,两个吹笛子,一个弹扬琴,一个吹葫芦丝,再加上清宁的一架古筝。这样的规模在私人乐队中已经算得上比较大规模的了,但因为每次节目来得都很突然,所以准备的时间也很少,更加重要的是,因为乐器过于多样化,许多曲目只能够让部分乐手上台,其他的就负责在台下处理音响、灯光等。

　　而今天的表演,一方面是为了庆祝中国新年,另一方面是学校的一个比赛,所以乐队的每一个人都十分认真地对待这次表演。分配给清宁的节目是跟小提琴合奏现代曲目串烧。古筝和小提琴,各自是中西方古典乐器的代表,清宁万万不会想到,把这两种乐器结合在一起出节目。不过当她和小提琴手花了一个星期的时间商量了具体串烧的曲目并且练习了之后,反而演绎出了一种别样的美感。

表演6点开始,清宁和小提琴手早早地到了,是提前来熟悉表演场地的。她戴上指甲片,换上表演服,绾起及腰的长发,戴上长度及肩的耳坠,坐在古筝前调音,俨然就是一位在河边抚琴的古代美丽女子。调完音后,清宁和小提琴手一边在幕后等待,一边用英文说笑着,还吃着清宁带来的春卷。

不一会儿,便到了他们上台的时间。清宁摆好古筝,挺直后背,开始行云流水般演奏起早已烂熟于心的串烧曲目来。音色古朴的古筝和带淡淡忧郁的小提琴交相应和,频率一致的节奏和乐曲更让独特的歌曲串烧有了一种和谐之美。谁能想到用两种风格截然不同的古典乐器去演绎流行乐曲串烧,会产生这么奇妙而和谐的化学变化,台下的观众们仿佛也听呆了似的,鸦雀无声。清宁结束表演之后,过了两三秒,大家才反应过来,全场响起雷鸣般的掌声。站在台上谢幕,看着台下黑压压的人群,清宁热泪盈眶。四岁那年母亲带她去琴行选择乐器,她一眼便相中了古筝,母亲为她延请了名师,一直师从学习,日日练习从未间断,现如今弹古筝成了她终身相伴的爱好。此刻,清宁才真正感受到,携琴走四方,演绎中华国粹,传播民族文化,将美好的音乐和情致带给大家甚至带给世界,原来也是这么快乐的一件事啊。

卸完妆回到家,清宁躺在床上和母亲视频通话,看到中国家中的白墙上挂着一幅构图精巧、画工极佳的白雪蜡梅图。图中的蜡梅花在白雪中顽强伫立在枝头,不卑不亢,不张扬,执着沉稳的力量透过纸背。母亲缓缓地说:"孩子,家里的两株蜡梅都开了,似乎是在期盼着你归来,开得比往年都热烈呢!"清宁睫毛翕动,不禁泪盈于眶。

每一个漂泊他乡的学子,就像长途跋涉寻找归宿的鱼儿,肩负的希望和梦想则是鱼儿背上所负的碎冰,沉重又冰冷。幸好,漂洋过海的途中,还有许许多多志同道合的同行者,还有家里院子里那丛开得绚烂无比的蜡梅,还有母亲遥遥望着你的沉静的微笑。

"士不可不弘毅,任重而道远。"勇,便是春处处蓬勃的那一抹绿,苍翠了整个世界,芽儿在料峭的枝头爆绽,花儿随地便烂漫,通往春天的驿道已经长满芬芳的春草。

立春,岁之首。

解冻,河流欢乐高歌,鱼儿欢欣鼓舞。万物萌动,枝头百花绽放。阳光明亮,蒸融了大地上郁结的湿气。腊月的梅,灿灿地开着,清幽的香静静地弥散,疾疾地向着阳光。

时光的沙漏,不着痕迹地穿梭过时间的长廊。在生命的洪流里,我们每一个人都被命运的大手掌控着,都逃脱不了波折人生的摧枯拉朽。然而,春天里总会有无数生命和希望在悄悄萌动,召唤着人们不停地出发,继续目光坚定地赶路,蓬蓬勃勃地赶往春天。

我相信,那是岁月绽裂的新生。

我相信,所有的生命都在翘首。

因为在他们的心里,总揣着一个别人没做过的梦,总隐藏着一个永开不败的春天,那就是彼岸。

亮

从嘈杂混乱的方言中抽出身来,从各式各样的酒杯碰撞声中剥离出来,从空无一物的脑海中艰难地钻出来,独自一人来到书房里,那些喧嚣声仿佛一下子变得极其遥远,遥远得像在上个世纪。

周围一下子变得安静了,打开手机,从某一个歌单中随意地挑一首歌,调大手机音量,正苦于翻来覆去找不到耳机,却在某一个刹那,又觉得空气中充盈着音符那不可多得的幸福感,于是放下忙碌的手,静看周围的空气停滞、凝固。

坐在刺眼的屏幕前,白晃晃的屏幕里似乎伸出无数双绣花针般细的手将我往里拽,我目光涣散,却在眸底无尽黑暗之后埋藏了一丝不为人察觉的恐慌。像是要掩藏这份令人难堪的恐惧一般,我将目光投向了窗外。窗玻璃顶端有一盏巨大的白色顶灯,像中世纪城堡里的场景。那是我头顶大灯的反光,这盏"灯"像在为浓浓黑夜照明一般,虚幻地垂在窗玻璃上。

在家闷了几天之后,实在耐不住寂寞的我去大街上走了一趟。

街的对面是一幢高耸入云亮如白日的大厦，大厦外墙一尘不染，铮亮铮亮的，仔细看还有一种抹了油的光泽感。大厦中似乎什么都有，又似乎什么都没有。买了一些日用品刚准备回家，就发现大厦侧边的近道被几袋巨大的黑色垃圾堵住了，每一个垃圾袋都有两三个人那么大，散发着恶臭，我捏紧鼻子，紧皱着眉头，匆匆而过。

再三思考，我还是打算从大厦后面绕过去，因为那条路上有一家味道不错的煎饼铺，运气好的话，可以买到刚出炉的煎饼。我兴奋地想着，脚步也便加快了不少。于是两三分钟便走到了煎饼铺子面前。今天似乎和以往的每一天都相同，一个佝偻着背的老太太，有些笨拙吃力地翻动着煎得金黄薄脆的煎饼。一股煎饼特有的香味在空气中弥漫开来，这股地道的香味勾得我食欲大动，悄悄地咽了咽口水。

买完煎饼，边啃边向前走，耳边传来拨片扫吉他弦的声音，接着是一个沙哑的男声，唱着不知是什么语言的歌曲。那声音像有种神奇的魔力，触及你心灵深处那个隐晦逼仄的角落；也像拿着一把短而尖利的匕首，在你的心脏上划了九九八十一道伤口；更像一双手，翻开记忆深处那尘封已久的典故。我并没有打算看这个人长什么样或者他在唱什么歌。光听这声音就让我感到无比压抑。于是便抬头看看天，想要找到一丝喘息的空间。灰暗的天空像一张巨大的网，它到底是自由的天堂呢，还是以自由为名的绑架？我们不得而知。

随着空气中弥漫的沙哑的声音渐渐变得稀薄，我胸口沉闷的感觉也舒缓了许多。

一道尖锐的"哐哐"声又钻进我的耳朵。

那是铝盆敲击水泥地的声音，以及稀稀拉拉的几枚硬币撞击铝盆的声音。

我斜眼一瞧，果不其然，那是一个衣衫褴褛的乞丐。他身上的味道像极了巷口那一大堆垃圾散发的气味。我抿着嘴像是在强烈地拒绝着什么，攥紧煎饼口袋的手冒出了汗，紧绷着身体上的每一块肌肉，扯着衣服，匆匆走过。似乎他的每一次呼吸都在释放出剧毒的气体。于是在"哐哐"声的纠缠下，我终于艰难地离开了这条长长的步行街。乞丐的乞求声，卖艺者的嗓音，煎饼老人颤颤巍巍的声音，都消失在街角。那几十米的距离，仿佛耗尽了我全身的力气。

我走到公寓，哼哧哼哧地爬到五楼，在阳台上往远处一望，赫然是那通透亮堂的大楼。

只是在后面街角处，玻璃的反光好像映出了几个人影，这时我突然想起那个民谣卖艺者的歌声，原本无序的音符和汉字突然整齐起来，歌词和旋律逐渐清晰：

你以为那是明灯吗

你以为那是光亮吗

你以为它能引导你前进吗

不,你错了

这只是万千幸福家庭中的一盏冷酷白炽灯

你以为那是同情吗

你以为那是欣赏吗

你以为它能帮你从泥沼中脱身吗

不,你错了

这只是万千假惺惺阶级者中的一颗黑暗内心罢了

······

风的声音

风说了许多,把夏天注得盈满。

——张枣的诗

又是一年夏日。

夏风眠从高高的书本中昂起头,佝偻着背的数学老师在黑板上涂涂改改,青春的汗水味弥漫了整个教室,周围的同学用一种几乎倔强的态度奋笔疾书。她知道,大家都在死撑。江南的夏季闷热潮湿,水汽氤氲了这座小小的城,让原本破败的街道多出几分本不属于它的柔软。

铃声响起,看着习题册上密密麻麻的笔记,她如同站在陷阱底部无助的猎物,被一粒粒石子堵住了去处。轻叹一声,合上课本,她看了看身旁的同龄人:油腻的发丝,浮肿的眼眶,干涩的嘴唇。一切真相仿佛都在众人步调一致的行为下被掩盖,追逐梦想的那颗心也在吟诵那一句句宣誓中,消失殆尽。她并不仇视这个世界,也不愤恨那些如同牧羊人一般追逐在身后的人,她只是暗自觉得,人生不该如此。

放学后，她一如既往地来到了家附近的山头，在山的最顶端有一隅只属于她的天地。每天放学，她都会坐在这片丛生的杂草里眺望着远处的云。一侧的隧道常有火车驶入，在这压抑到窒息的日日夜夜中，偶尔飞驰而过的列车扬起了风，仿佛就是尘霾中的一口新鲜空气，让她得以喘息，并咬牙生存下去。

夏风眠从包中取出水彩本，翻开最新的一页，缓缓落笔。几近干涸的颜料在她手中仿佛有了生命，幻化出不同的色彩。绚烂的几笔在洁白的纸上渲染，变换出多姿的形态，在这个世界中，她是自由的。

但当她停笔，眼神飘向另一侧的家，母亲早早地燃起了灶台，正在门口晾晒着发黄褪色的衣物。她浅浅叹了一口气，仿佛已经预料到一般回答了母亲的叫唤，在太阳落山前一秒，踏进了家门。看着木桌上斑驳的痕迹，还有母亲脸上疲惫且无神的微笑，心里那句思考良久的话总是吞吞吐吐说不出口。她多么想告诉母亲，参加高考并不是她的追求，艺术、设计和远方，才是她真正的诉求。但她不会说，也不能说，她怕极了母亲无助的目光。

在她眼中，生活是世间万物的风花雪月，是天边滚烫璀璨的彩云，是花圃里朝阳下盛开的芬芳。可在母亲眼中，生活是洗碗池中堆叠的脏污，是冰箱里舍不得丢弃的过期食品，是毫无生气日复一日的日出与日落。她不怨母亲,她甚至时常在想,会不会母亲年轻的时候,也是如同天上的星星一般,闪光发亮。她是否也有自己的梦想与热爱,并愿意为了追逐它舍弃一切?但伴随时间过去,曾经那个敢想敢爱的小女孩,也被生活打磨成了一颗光滑的鹅卵石,随着生命的洋流愈漂愈远,最终成了千千万万颗鹅卵石之中最普通的一颗,哪里都立不住脚,所以只能随波逐流,直至沉底。

于是,尽管每一天,夏风眠都在理想与现实之间徘徊,但她很清楚地知道,自己最后写下的答案,只有一个。她闭上眼,只想趁着夏天还没过去,多听听风的声音。

高考前半年,她藏起了自己的绘画册,再也没有登上过那个山头。只是偶尔在成堆的作业中喘息片刻,会有火车呼啸而过的声音,那是远方的来信。最终的最终,她参加了那场准备了三年的考试,并按时上交了答卷。从考场中走出来的那一刻,她仿佛听到风在她的耳边说,恭喜你。风好像还说了好多好多,但身边同学的欢呼、家长的雀跃四处漫溢,风的声音渐渐被掩埋。她只记得那天,是那三年中最轻盈的一天,虽然那一份薄如蝉翼的卷子,仿若有千钧之力。

成绩揭晓之后,同学们各奔东西,夏风眠也如愿以偿地来到了她所向往的远方,带着一本崭新的画册,开启一段新的旅程。

安　家

"生日快乐!"

"谢谢大家! 明年你们还要来哦!"

在喧闹的包间里,一群年轻人聚集在一起,庆祝安然的生日。安然今年20岁,正值青春洋溢的年华,她满脸笑意地看着这群在异国他乡为自己庆祝生日的同学,心中流淌着暖意。大家玩得正起劲,她扭头看着手机上显示的时间——13:30,熟练地算了算时差。"妈妈应该还在睡觉吧?"她心想。

安然的生日正值立春,又因为在外留学,每年都没有机会回家庆祝生日。细数年岁,今年已经是第六次她没有与亲人一起切蛋糕吹蜡烛了。一晃神,好友们早已拿出准备好的蛋糕,插上数字蜡烛,两团火苗悬于上空,伴随着蜡烛一点点融化,安然闭上了眼睛。

那一刻,她的世界是安静的,在她的脑海中,闪过了无数个想做却又没做成的念头。"去环球旅行","吃遍世界上所有的美食","所有的成绩拿到A"……但最后定格的,竟然是和家人一起过生日。想到这儿,本身并不矫情的她,竟也感受到眼泪正在眼眶里打转。她强撑起笑容,吹灭蜡烛,同学们一如既往地将奶油抹在她的脸上,她也不躲,只是笑着应和。

回到家,擦干净脸上、头发上的奶油,坐在电脑前准备与家人视频通话。她将将头发,把鬓角的几缕别在耳后,推了推眼镜,抹上些许唇彩,这才打开视频。

从小到大,大家一直说着家是避风港,家人则是可以卸下所有面具、自如面对的爱人们。但不知从何时开始,安然渐渐习惯于将疲惫的自己隐藏起来,将最好的一面展现给家人。

叮,电话接通,视频那一头是早起梳妆的母亲。母亲笑意盈盈地看着安然,先是祝贺她20岁生日快乐,还不忘问一句:"最近都好的吧?"这是安然踏出国门之后,听得最多的一句话。其实母亲问这个问题,安然知道她等待的只有一个答复,那就是"我很好"。所以即使安然在生活中遇到多么沮丧、悲伤、失落的事,最后也只会汇成一句"我挺好的,妈"。她理解母亲对身在万里之外的女儿的关切之情,但她同时也知道,一句"我过得不怎么样"并不能改变什么,甚至会让父母更加焦虑。她漾起笑容,与母亲分享起生日会上大小琐事。从被抹了一脸奶油蛋糕,到谁和谁最近走得比较亲密,谁又和谁有些小矛盾。在安然的滔滔不绝中,母亲打断了她,发问道:"安然啊,你知道的吧,爸爸妈妈虽然离得远,但是爸爸妈妈无时无刻不在惦念着你呢。"安然听到这句话,愣了半秒,眼底闪过泪光,她咬紧后槽牙,却说不出一句话。因为她知道,那几滴泪,会随着自己的开口潸然滴落。

"妈妈知道,这些年你一个人在外面,受了不少委屈。我跟你爸也不能时常去看望你,也只能靠频繁的视频通话,试图踏进你的生活。你爸昨天还特意提醒我,今天一定要早起和你视频,要不然啊,你会失望的。有些时候妈妈可能言辞不当,不能很好地照顾你的感受,但是安然啊,爸爸妈妈的心永远是跟你在一起的。你也要知道,只要爸爸妈妈还健在一天,我们就是你最坚实的后盾。不管你是学成归来,还是一无是处,你都是爸爸妈妈的心肝宝贝,是我们这个小家中不可或缺的一分子。"安然听着母亲极少的长篇大论,眼泪再也憋不住地夺眶而出。

从14岁离家开始,她不是没有想过家,也几次动过回国读书的念头。但每当她看到母亲随着岁月而渐渐干瘪的脸颊,父亲忙于工作眼角生出的细纹,哥哥在大学校园里埋头苦读的样子,她都跟自己说,加油,坚持下去,不能让父母失望。

"妈,我一直知道的,你们对我的爱。20年前的春天,你们、外公外婆、爷爷奶奶在跟今天一样的日子里,满心期待着我的到来。所以每当我撑不下去了,或者是压力大的

时候,我就会想,即使家人们在万里之外的国内,但你们对我的爱和关怀,与距离无关。"安然擦擦眼泪,哽咽着对母亲说出了这几年在国外所受到的种种。说完之后,整个人也轻松了许多,似乎卸去了压于心头的重重的包袱一般。

看着母亲温和的面庞、充满爱意的眼角,她觉得周遭事物都柔和起来,甚至之前那个对着她张牙舞爪的世界,似乎也逐渐温柔了起来。

结束与母亲的对话,她转头看看窗外,窗外灯火阑珊,无数个家庭正在度过属于他们的美好时光。然而,那一刻,她并不羡慕,因为她知道,在万里之外的一座小城中,有一盏灯,永远为自己而留。

稗　子

如果给你寄一本书,我不会寄给你诗歌。我要给你一本关于植物、关于庄稼的。告诉你稻子和稗子的区别,告诉你一颗稗子提心吊胆的春天。

——余秀华《我爱你》

正值春天。

田间的是插得齐刷刷的苗秧,阳光洒在乡间小路上。地上遍布的碎石,随着踉跄而过的三轮车滚落于两侧,并扬起细密的尘埃。三月的风轻飘飘地吹过,带来几丝不受人待见的寒意。村里的人们忙着播种庄稼,并期盼着一年的好收成。

李秀兰站在家旁边的田中,费力地拔出深陷于泥沼之中的双脚,接着再熟练地一撑,便登上了田埂。就在这时,远处驶来一辆高档轿车,像是从城里来的。秀兰早就听说近几天城里要派两个年轻教师下乡支教,她便放下手中的锄头,眯起眼睛张望着。随着汽车的轰鸣声越来越响,她透过一尘不染的玻璃窗,看到车内坐了两名年纪比自己稍长的青年人。一男一女，穿戴整齐。男人身着藏青色便西装，头发打理得一丝不苟。女人身上简单的白衬衫隐约露出纤细的肩颈，锁骨中间悬着一串温润的珍珠项链，柔顺的长发搭在肩头。两人说笑着，饶有兴致地看着周围的乡间美景。

秀兰看了看那名年轻的女教师，再低头看了看自己：发黄褪色的旧T恤，不合身的大裤衩，还有满是淤泥的小腿肚。自己的这副模样与车里那名干净秀丽的女人产生了鲜明的对比，她略显窘迫地站在一旁。汽车飞驰而过，在村子另一头的学校停下，两名老师从车上下来，高挑的身形，站在阳光下，显得很晃眼。校长热情地走出来迎接他们，不一会儿他们就拖着箱子消失在了房子后面。秀兰这才收回了远眺的目光，转身往家的方向走去，脑海中那两位老师的身影却挥之不去，他们仿佛脱世的仙人一般，与这略显破败的农村是如此格格不入。

她回到家，洗净身上的淤泥，站在家中仅有的一面小圆镜前端详自己：圆钝的鼻头，厚实的嘴唇，杂乱的眉毛，还有一头未经整理纠缠打卷儿的头发。她沾了沾水，试图将那几缕不听话的头发收拾整齐，最后却还是以失败告终。她有些懊恼地把梳子扔在一边，轻叹一口气，燃起灶台的柴火，准备开始做饭。

秀兰家中人丁兴旺，除了父母之外，还有三个年幼的弟弟和妹妹。作为长姐，她自出生就担负着养活弟弟妹妹的责任,于是在二十三岁的年纪,只念过几年书,却对写诗有着浓厚的兴趣。一次偶然翻阅弟弟学校的读物,读到了顾城所写的《一代人》,短短两句,却石火电光一般,开启了秀兰写诗的序幕。自那天开始,她特意购买了一本崭新的空白册子,借用了弟弟的几支铅笔,夜深人静时,她偷偷地用歪歪扭扭的笔画写下稚嫩的诗句。几乎每隔几天,她都会抽出半天时间,坐在河岸边,望着远处的山水,随着当下的心情流畅下笔。一开始,她还会因为回味字里行间的情感感到羞愧,渐渐地,似乎写得越来越得心应手。

那天午后,她照常去河堤旁创作。正处于沉思之际,感受到身旁有窸窣的人声,闻声望去,是那名男教师。他坐在距离秀兰几米远的地方,眼角带着浅浅的笑意,看着秀兰,轻轻地对她说:"你好啊。"

眼前这个男子背着光,沐浴在暖阳中,头发依旧板正,手中捧着一本薄薄的书。秀兰看着这个身镶金边的男人,恍若隔世,张嘴半天也说不出一句话。男人面带微笑地看着秀兰发红的脸颊,缓声说:"我看你很投入,也不便打扰你。你是在写诗吗?"

秀兰咽了咽口水,支支吾吾地开口:"算……算是吧。""噢,你不用紧张,只是很少能在这儿看见如此景象,有些好奇罢了。"他脸上的笑容仿佛要将秀兰融化,说罢又加了一句："方便的话,能让我看看吗?"秀兰递过手中已经写了大半本的册子,他探身接过,毫不客气地翻阅起来。近距离地看着他,眉眼相较于之前一闪而过的回忆更具骨感:挺拔的鼻梁,锋利的下颌,干净的鬓角,还有眼下那颗温柔的泪痣。这张脸仿佛是被上帝精心计算后的结果,一切都美好得那么自然。秀兰收起自己明目张胆的眼神,怯怯地看着他浏览自己的作品。暗喜的同时也觉得有些羞愧,害怕自己拙劣的作品入不了他的眼睛,这么想着,秀兰越来越羞怯,脸颊也涨得通红。

正当她心中羞愧万分、恨不得挖个洞钻到地底下时,那名男子终于抬眸,并把那本册子还给了秀兰。他起身,移到离秀兰更近的位置,说道:"这些都是你有感而发所作?""是的。"秀兰不知该说些什么,只能一字一句地回答着他的问题。在这个阳光明媚的下午,他们聊了许多,秀兰惊奇地发现,自己竟然与这名城里来的男人在诗歌上有着相似到惊人的见解与审美观。

天色渐暗,秀兰也该回去为家人做饭了。她依依不舍地与他告别,走了几步却又想起还不知道他的名字,又折返追上他,气喘吁吁地问:"你叫什么?""云处安,叫我阿川也行。"说罢他又笑了笑,挥挥手走向远处。秀兰被他的微笑晃得有些出神,呆呆地站在原地动弹不得,直到远处最后一缕金黄消失在山峰后,才缓过神来,一路小跑回家。

在这之后，他们经常相约一起在河边散步，从浪漫主义聊到伤痕文学，从乡土小说聊到历史文学。秀兰本以为如此温柔又闪烁的日子，可以持续很久很久。她也渐渐从那个灰头土脸的农村女性，变成了眼里有光、心中有理想的青春美少女。可分别的日子终会到来，处安不属于乡村，秀兰的文学梦也终将因为身份这个枷锁而消失殆尽。

分别那天，秀兰没有去学校为他送别。她从知道消息那天开始，缝制一块纯白的手帕，上面绣着一朵兰花。她托送行的人交给处安，并在手帕中夹了一张纸条，上面写了一句话："龙应该藏在云里。"这句话，来自沈从文的《月下小景》。

处安坐在回家的车中，翻看着众人送来的践行礼物，有瓜果蔬菜，有家中自产的鸡蛋，甚至不乏路边采的小野花。一方手帕吸引了他的视线，他抚摸着手帕上精细的一针一线，中间似是夹着一张纸条。他抽出来一看，上面是不那么工整的七个字。他看着这七个字，略微有些失神，这几个月的种种在他脑中飞驰而过，他最终闭上了眼睛，好似梦里有个羞赧的少女正在自己耳边说着什么：
　　"龙应该藏在云里，
　　　你应该藏在心里。"

人生森林

　　每个人都有属于自己的一片森林,也许你从未曾去过,但它在哪里,总会在那里,迷失的人迷失了,相逢的人会再相逢。

——题记

　　"滴,滴,滴……"

　　她听见了一旁的心电图仪传出的滴声,匀称且有节奏,似是在鸣奏着什么宏伟而平淡的乐章,像极了什么东西,那是她的一生。她是个倔强的女人,身体脱力了仍要昂起头,奋力睁开眼睛,嘴唇微微翕动着,好像要说些什么。但这几个小小的动作,已然让她耗费了所有精力,她终究还是泄了气一般倒了下去。

　　视野渐渐模糊,只见一个白衣背影,双手捣鼓着什么,一生机灵的她知道,是时候该休息一下了。待到冰冷的针头戳进她的身体,四肢渐渐麻木,她呼出一口气,隐约中有什么人在叫唤她,是个女孩儿,身着淡绿色的碎花百褶裙,在小路的那头,叫着她的名字。那人的声音如同催眠乐一般,萦绕在她身边。

她缓缓闭上了双眼,沉沉地进入了梦乡……

壹拾陆

十六岁的夏至,一群卷起校服裤腿、腰上系着校服外套的少年少女在学校门口嬉笑打闹。突然,他们看到了一个熟悉的背影,穿着绿色碎花百褶裙的少女,在一旁打电话。

"啊,那不是余念吗?"一个少女惊呼道,

"余念,你怎么来了?"一群人围了过去。

"余念,你下次要到什么时候才能回来啊! 我们都好想你啊。"一名长发及腰的瘦高女生握着那名姑娘的手说道。

"是啊是啊,我们每次都盼着你回来,盼得好苦。"周围的同学们也随声附和。

"我也不清楚呢,"那名身着绿色碎花裙的姑娘回答道,"可能以后见面的次数会越来越少了吧,接下去我要开始准备大学申请了,在国外,我们的每一次成绩都会被当作考量标准,我可不能掉以轻心。"

"嗯……也是呢,那就大家一起努力吧!"瘦高女生盯着余念的眼睛说。

虽然不舍,但也终须一别。看着同学们渐渐远去的背影,看着母校的校门在身后渐行渐远,余念的心里充满了忧伤和惆怅……

从母校返家，需要花将近两个小时，要是堵车，那就奔着三个小时去了。当初，为了有更好的教育环境、人脉以及资源，在父母的支持下，余念在这个小有名气的初中读书，直到初二的寒假，初中所有的新课都提前学完了，便与父母商量做出了出国的决定。于是乎，家境殷实的她便成了在那个略微逼仄的时代小年龄出国的孩子。当时，身边所有的亲朋好友都在反对她的这个决定，但她总是坚定地回答他们：我的人生，我做主。

十六岁这一年的暑假，她回国看望以前的同学和老师，将近一年没有回国的她又成熟不少，眼神中的笃定和从容，以及眼底的那一丝傲气，让她看上去越发成熟。这次回国的时间尤其短暂，因为有一个大型比赛要参加，只有七天假期，敌不过对家人的思念，她还是坐了最早的班机回国，最晚的班机飞往国外。

每一次飞往国外的班机总是在大清早起飞，余念和自家的狗道别之后，和父母启程来到了机场，这已经是不知道第几次她从这个机场和家人道别了。道别，往往不是一件很好受的事。每次分别的时候，余念总是不想让家人担心，这次也不例外。

办完值机，就要过安检了，进了安检之后，同学们就像是羽翼刚刚丰满的小鸟，一飞出鸟巢，见到的便是一个全新的世界，便是一个需要自己面对的世界了。余念打小就不是一个喜欢肆无忌惮表达对父母之爱的孩子，又正值少女时期，她通常只是给父母一个浅浅的拥抱，并平静地嘱咐他们，天冷了记得添衣。如往常一般，余念握了握母亲的手，抱了抱她，留下几句不深不浅的话便转身离去。

殊不知，这段路甚至比初中跑八百米还要漫长好几十倍。

走进安检，余念透过自己的余光朝着门口望去，她发现父母仍旧在安检口边站着，手中紧攥着手机，还一边佯装无事地四处张望着。看着女儿安全走进了安检，他们才放心地转过了身。余念透过里面的毛玻璃向外望去，只见父亲的手搭在母亲的肩膀上，母亲数十年如一日的及腰长发泛着健康的光泽，只是其中多了几丝白发，父亲略微稀少的头发，母亲微微向前弓的肩膀，以及因为批改太多作业而日渐紧绷的斜方肌。

他们俩的背影，熟悉又渐渐陌生。

余念不禁鼻头一酸，险些就掉出泪来。看着父母的背影渐渐远去，余念叹了口气，却暗自下定决心，一定要加倍努力，以后，一定要让父母过上他们想过的清闲的好日子。

贰拾壹

二十一岁的春分,余念坐在全球排名最前列的著名校园里,眼前是触目可及的绿色。春日清晨的阳光,越过窗棂,从树梢射进来,空无一人的教室中便洋溢着甜蜜的暖意。在过去的三年里,余念不仅以年段前5%的平均分,在三年时间里修完了本该是四年修毕的课程,还在业余时间做着一些小小的商业尝试,竟然也小有斩获。

更重要的是,在这过去的一个月里,余念除了完成最后一个大学中的课题研究外,还在紧锣密鼓地筹划自己独一无二的婚礼。在大一的时候,她认识了在本校就读最后一年研究生的学长,便主动向他要了联系方式,没过三个月,他就被余念身上所散发出的自信与笃定所吸引。自然而然,他们开始恋爱了。

三年之后,在校外已经工作了两年的未婚夫和已经被世界五百强之一的大企业招募的余念,决定在2020年3月27日,举办他们的婚礼。3月27日,那是他们在一起的纪念日。

从小到大,余念和世界上千千万万的女孩子一样,对于婚礼有着极端美好的想象。当日程确定下来之后,她便迫不及待地挑婚纱,选高跟鞋,挑选婚礼主题以及各种伴手礼,装饰现场,等等。一切都要做到完美无缺,才可以满足余念的要求。她再三考虑,选定了淡蓝色的婚礼布置主题,加上淡紫色的满天星、纯白的玫瑰、羽毛与薄纱等元素,一切都是那么的浪漫与唯美。

婚礼开始前两天,余念亲自去机场接了几个初中的好朋友,也从婚纱店拿到了那一条"觊觎许久"的纯白色婚纱。

余念坐在镜子前,换上婚纱,身后是从国内飞过来参加婚礼的母亲。母亲捋着余念的头发丝儿,问道:"念啊,这是你想要的人生吗?"

余念抬头,看着镜子里奔波操劳了一生的母亲,回答道:"妈,您觉得我有可能过自己不想要的人生吗?"

余念的母亲宽慰地一笑,便开始帮着梳妆打扮。余念选择了一个大气的裸妆,加上微卷的波浪发。因为妆容简单,饰品就应闪亮夺目一些,她选择了满钻的耳钉和项链,母亲在一旁看着自家闺女初长成,眼里泪光闪闪。

不一会儿,父亲也走了进来,余念正好在穿高跟鞋,穿罢,站起身来,竟比父亲还要高那么些。父亲神情恍惚,仿佛眼前这个长相姣好、神情温柔的大女人,还是小时候那个脾气倔、性子刚的小女孩。父亲走上前去,挽住女儿的手,又不禁朝着镜子里细细端详着这个已长大成人的女孩。她的脸上稚气已褪,却有着不可多得的温柔与坚定。

父亲久久地看着她,像是想把这一辈子的目光都留在

人生森林

余念身上。

在淡蓝色的光晕下，余念挽着父亲的手走进偌大的礼堂，礼堂尽头是那个对自己宠爱有加的男人。光影洒下来，尽头的那个男人身着优雅的白色西装，有着伟岸的肩膀和高大的身材，站姿挺拔，似是可以为余念抵挡所有的风雨。

有父亲陪着走完这条路，将手放到另一个男人手掌心里的时候，余念的余光瞄到了自己的母亲，那是一个优雅的背影。

母亲今天身着酒红色的紧身旗袍，年过五十的她，身材依旧凹凸有致。余念看到她侧身擦拭着什么，不知道她现在的表情如何，但母亲两颊的碎发微微下垂，身体稍稍前倾，再等到她侧过身来的时候，因为灯光昏暗，余念隐约地看到母亲的脸上挂着浅浅的、闪亮的东西。

她知道，那是幸福的泪水。

叁拾陆

三十六岁的冬至，余念慵懒地蜷缩在窗边，手里捧着一杯热气腾腾的卡布奇诺。每个冬日周末的早晨，她都会坐在家里的落地窗边，看着窗外银装素裹，静静地待上片刻。

三十六岁，应是一生中最劳累的年纪，但因为余念前几年的努力，已经创建了自己的时装品牌。毕业后，余念在世界著名的大公司工作了将近两年的时间，后来发现与有着顽固理念的公司高层无法沟通，便决定自己出来创业。她花费了五年的时间，在三十岁那一年，创立了自己的时装品牌。品牌共有两条时尚链，第一条是走快时尚的路线，因为价格亲民，质量过关，每年销量都过亿；另一条是轻奢路线，价格略高但也不像国际大牌一般奢靡，设计独特，自成一派，也不知不觉吸引了一大批粉丝。事业，一直都在稳步上升。

　　除了事业，在结婚的第一年，她和丈夫就有了第一个孩子，是个女孩儿，余念为她取名为楚握瑜。这孩子完美继承了她母亲的性格，刚烈、顽强、不屈不挠，但同样地，非常知道自己需要争取什么，在学业上从没让家人操过心。在二十八岁那一年，余念意外怀孕，但因为舍不得打掉，便生了下来。出乎意料的是，这个孩子还是一个女儿，余念便取名为余怀瑾。妹妹和姐姐的性格大相径庭，怀瑾从小便性格温婉，不争不抢，常常被人占了上风。余念每每觉得生气，怀瑾都会拉着母亲的衣角，柔声安慰她。

　　窗外大雪纷飞，余念坐在书房里，边看书，边监督孩子们写作业。一眨眼，三十六年过去了，在当地最好的私校念书的大女儿握瑜，已然出落成了一名亭亭玉立的大姑娘。留着及腰的长发,头发染成了深棕色,余念也不怪她,因为每每遇到重大考试,还有重大活动,握瑜总是能成为最耀眼的那几个之一。余念侧过头去,看见女儿们坐在窗边学习的背影,一高一矮的两个孩子正凑着头讲着悄悄话,握瑜还时不时地数落怀瑾几句,怀瑾呢,总是望着姐姐憨憨地笑。

另一边的窗棂,结婚将近二十年的丈夫坐在电脑前,处理公司中或大或小的事。十六年过去了,他的背影依旧如山一般宽广,穿着棉麻材质的家居服,整个人的线条看上去柔软且温和。

余念放下手中的书本,静静地看着这岁月静好的模样。也许,很多的时候,金钱和地位的确能带给她物欲上的快乐和自由,但家庭美满,岁月悠悠,才是一个人一辈子所追求的美好吧。

捌拾柒

"哔——"

耳边传来刺耳的啸叫声,余念捂住自己的耳朵,才发现自己的身边是白茫茫的一片。她不禁感到疑惑万分,好似眼前是浓浓的迷雾,遮盖了前进的去路。

她试图拨开迷雾,却怎么也看不清眼前的道路。她试了一次又一次,却都失败了,正当她彷徨着,眼前的迷雾却奇迹般地自动散开了。

出现在她眼前的是一大片森林，是许许多多身着黑色正装、神情严肃的人。

余念感到十分疑惑，难道这是谁的葬礼吗？继续往前望去，奇怪的是，她只看得见那些人的背影。

有几个身着藏青色校服剃寸头的男孩，裤脚皱不拉几的，一看就是刚刚把卷起的裤脚放下来；还有一个瘦长的、扎着高马尾的年轻女孩，用着一根青春活力的小兔子发绳；往前看，像是一对老夫妻，男人身着深蓝色西装，夫人身着暗红色旗袍，两个人的头靠在一起，像在哭泣；道路的尽头，是一个宽肩的男子，一身白色的西装衬得他越发高大、威猛。再往前看，就是一块方正的墓碑，墓碑上刻着一行字：

余念的背影，将长存于世。

余念看着这块墓碑，细细看着眼前一个个熟悉的背影，泪水夺眶而出，哭着哭着，她又笑出了声。

终于，我们又重逢了，我最挚爱的亲人。

人生啊，就好似是一场大梦，梦醒之后，一直在漫无边际的森林里跋涉，重重迷雾被一层层拨开，跟在一个个背影的后面，经历一场场接踵而至的丛林穿越。在人生的森林里，幸好我没有迷失，也没有弄丢自己。

如见故人，喜不自胜。